エミィ
イサムのかつての仲間である
『白騎士』の子孫。
ティファニー
パンデムへの案内人として
新たに仲間に加わった。

セシリア
200年後の世界で
出会った優しい少女。
イサム
かつて勇者パーティーに
属していた剣聖。

CONTENTS

Mirai ni tobasareta Kensei,
Nakama no shison wo
mamorutame Musou suru

未来に飛ばされた剣聖、仲間の子孫を守るため無双する2

虹元喜多朗

BRAVENOVEL
ブレイブ文庫

プロローグ

わたし――セシリア＝デュラムには好きなひとがいる。

ご先祖様である『勇者』ロラン＝デュラムと『聖女』マリー＝イブリールの友人にして、勇者パーティーの一員にして、わたしの師匠でもある、『剣聖』イサム様だ。

ヴァリス＝ベルモット准教授《じゅんきょうじゅ》に捕らえられたあの日、イサム様に助けていただいたあの日、わたしは自分の恋心に気づいた。

仕方ないと思う。

イサム様は、わたしを『「勇者」と「聖女」の子孫』ではなく、『セシリア＝デュラム』として見てくれた。

イサム様は、わたしの努力を認め、わたしを見下していたホークヴァン先輩を咎《とが》めてくれた。

イサム様は、誘拐犯に攫《さら》われそうになったときと、ベルモット准教授に捕まったときの、二度もわたしを救ってくれた。

イサム様は、一生わたしの側《そば》にいて、守り続けると誓ってくれた。

仕方ないと思う。

好きになっても仕方ないと思う。

こんなの、どうしたって好きになってしまうに決まってる。

むしろ、いままで自分の恋心に気づかなかったことが不思議なくらいだ。

正直、戸惑《とまど》いはある。なにしろ、わたしにとってこれは初恋なのだから。

けれど、同時に幸せでもある。誰かを好きになることが、こんなにもステキなことだなんて知らなかったから。

だからこそ、わたしはこの初恋を絶対に成就させたい。イサム様と両思いになりたい。伴侶《はんりょ》として一生をともにしたい。

ただ、ひとつ問題がある。

毎日ベッドで一緒に眠るときも、わたしがぴったりくっついたときも、イサム様はドキドキした素振《そぶ》りを一切見せない。

そう。イサム様は、わたしを異性として意識していないようなのだ。

イサム様は二一歳で、わたしは一七歳。年齢は決して離れていない。

けれど、どうにもイサム様は、わたしを娘のように思っている節《ふし》がある。イサム様の言動から、わたしを見守るような気持ち——父性《ふせい》を感じるから。

おそらく、イサム様がわたしのご先祖様の仲間だったからだろう。仲間の子孫だからこそ、わたしを娘のように捉えてしまうのだ。

これではいけない。

初恋を成就させるには、イサム様と結ばれるには、まずはわたしを異性として意識してもらわなくてはならない。

だから、わたしはイサム様にアプローチすると決めた。わたしは異性だとアピールすることにした。

はじめてのことで緊張するけれど、ためらってはいられない。

この恋を叶えたいから。

こんなにも誰かを好きになることは、多分、もうないと思うから。

ただ――

アプローチって、どんなことをすればいいんでしょうか？

恋慕と使命と旅立ち

セシリアを救い、ヴァリスを捕らえてからしばらく経ち、牡牛《おうし》の月がやってきた。

デュラム家の庭に植えられた広葉樹は花を散らし、代わりに新緑の若葉で着飾っている。

春の終わりが近づくなか、休日、俺はセシリアとともにホークヴァン家を訪れた。我が友、『賢者』フィーア＝ホークヴァンの子孫であり、ホークヴァン魔導学校の校長でもあるスキールに呼ばれたのだ。

ホークヴァン家は、『ラミア』の中央部、小高い丘の上にある。

ラミアの邸宅《ていたく》のなかでもっとも広大らしい敷地は、端《はし》から端が見えないほどだ。四階建ての屋敷も、デュラム家のそれより倍以上巨大だった。

メイドの案内で応接間に向かうと、ソファに座っていたスキールが立ち上がり、恭《うやうや》しく腰を折る。

休日にもかかわらず、スキールは正装だった。俺たちに敬意を払ってくれているのだ。まったくもって誠実な男だ。

「お休みのところ、ご足労いただきありがとうございます」

「構わぬ。こちらこそ、歓迎してくれて感謝する」

俺が鷹揚《おうよう》に応じると、顔を上げたスキールが「ありがとうございます」と再度口にして、対面のソファを手で示した。

俺とセシリアはソファに腰掛ける。フカフカだが、心地よい反発があるソファだ。きっと上等なものなのだろう。

ソファに座った俺とセシリアに、給仕を務めるメイドが紅茶を煎《い》れてくれた。応接間に芳《かぐわ》しい香りが漂い、琥珀色《こはくいろ》の紅茶が注がれたティーカップとソーサーが人数分、テーブルに並んだ。

スキールがメイドに目配《めくば》せする。

「しばらく、この部屋に誰も近づかないようにしてくれ」

「かしこまりました」

メイドは深々と頭を下げ、応接間を出ていった。

木製の扉が閉まり、メイドの足音が遠ざかっていく。

メイドの足音が聞こえなくなったところで、俺は切り出した。

「一部の『顕魔兵装《けんまへいそう》』のありかを突き止めたそうだな」

「はい」

スキールが神妙《しんみょう》な顔で答える。

スキールがメイドに人払いを頼んだのは、俺たちが顕魔兵装の話をするからだ。顕魔兵装は、力の源《みなもと》として『魔族核《まぞくかく》』が組み込まれたろくでもない代物《しろもの》。その存在を知る者は、少ないに越したことはないからな。

「尋問により、ヴァリス准教授が——いえ、元准教授が、顕魔兵装を各地に送る際に利用した、運び屋の名を挙《あ》げました。その証言をもとに警察がひとりの運び屋を捕らえ、顕魔兵装の送り先を突き止めたそうです」

　スキールが明かす。

「顕魔兵装の一部は『パンデム』に送られたそうです」

「妥当な送り先だろう。ヴァリスは、パンデムに巣くう裏社会の住人と通じていたようだからな」

「ええ」とスキールが頷《うなず》いた。

『ミロス王国』の北東にあるパンデムには、裏社会の住人（即《すなわ》ち犯罪者）が巣くっていると聞く。実際、セシリアを誘拐しようとしたのもパンデムの者だった。

　セシリアの誘拐を指示したのはヴァリスだ。パンデムの犯罪者とヴァリスが協力関係にあったことに、疑いの余地はない。

　そして、顕魔兵装が送られたことから考えるに、パンデムの犯罪者は人間でありながら魔族の血を継ぐ者――『魔の血統《デモン・ブラッド》』だろう。

『魔の血統』であるヴァリスは人間を憎み、セシリアを生け贄《にえ》に魔王を復活させようとしていた。ヴァリス以外の『魔の血統』にも、世界の平和を乱そうとする者がいるかもしれない。

　そのようなことは許さぬ。

　この世界の平和は、我が友たちが命懸けで築いたものなのだから。

　俺は友たちに代わり、この世界を守ると決めたのだから。

なら、俺がすべきことは決まっている。

「スキール。しばし休暇をくれぬか？」

「パンデムに向かわれるのですね？」

「ああ。顕魔兵装のありかを知りながら、静観《せいかん》していることなどできぬからな」

スキールの頼みで、俺は『ホークヴァン魔導学校』の非常勤講師を務めている。この時代の者に、失われた戦闘術『武技《ぶぎ》』を教えるために。

俺がパンデムに向かえば、しばらくのあいだ授業は開けない。生徒たちの武技の修得も遅れてしまう。

それでもスキールは、俺の意《い》を汲《く》んでくれた。

「承知しました。パンデムに旅立つ際はお供を付けさせていただきます」

「いいのか？」

「ええ。私の先祖――『賢者』フィーアならば、きっとそうしたでしょうから」

スキールが唇を笑みのかたちにする。

「違いない。あいつは世話焼きだったからな」

かつての友の顔を思い出し、俺は紅茶を口にした。

ほろ苦いが、同時に温かかった。

「あ、あの、ホークヴァン校長！」

感慨深く思っていると、不意にセシリアが手を挙げる。

セシリアは緊張した顔つきで、しかし決然と言った。

「わたしにも休暇をいただけないでしょうか？　イサム様にご一緒して、パンデムに向かいたいんです！」

スキールが目を丸くした。

セシリアが両手を胸元で握り、訴える。

「わたしは、イサム様が満足な生活を送れるようにお手伝いすると誓いました！　足手まといにも決してなりません！」

魔力《マナ》を生成できない俺は、『魔導具《まどうぐ》』を生活の中心に据《す》えた『魔導社会《まどうしゃかい》』では満足に暮らせない。そのためセシリアは、俺の生活を側で支えてくれている。

また、セシリアはホークヴァン魔導学校でSクラス——最上位のクラスに在籍している。俺から武技を学んでいることもあり、同年代でセシリアに敵《かな》う者は希《まれ》だろう。控《ひか》えめに言っても十分以上の実力者だ。

セシリアの訴えに、スキールは渋い顔をした。

「相手はおそらく『魔の血統』。たしかにきみは実力者だが、まだ学生だ。流石《さすが》に荷が重いだろう」

「で、ですけど……！」

「解決までどれだけ時間がかかるかもわからない。長期にわたって学業から離れられるのは、教育者として看過《かんか》できない」

「それは、そうですが……」

「イサム様のお手伝いにはほかの者をつけよう。心配だろうが、セシリアくんにはラミア《ここ》に留まってもらいたい」

「うぅ……っ」

スキールの正論に、セシリアが悔しそうに唇を引き結ぶ。それでも諦めきれないようで、セシリアは反論材料を探すように視線を彷徨《さまよ》わせていた。

セシリアとスキール、双方の意見を踏まえたうえで、俺は口を開いた。

「スキールの意見は正しい」

セシリアが悲しそうに眉を下げる。

俺は続けた。

「だが、セシリアが魔王復活の鍵である以上、俺とともにいるのがもっとも安全ではないか？」

「む……それはたしかに……」

スキールの眉が動く。

勇者《わ》パ《が》ーテ《と》ィー《も》の手で魔王は討伐されたが、魂までは滅ぼせなかったらしい。そこで、『聖女』マリーの力で封印したそうだ。

セシリアはマリーの血を濃く継いでおり、その命は魔王復活の鍵になる。だからこそ、ヴァリスはセシリアを誘拐した。

ヴァリスのように、『魔の血統』がセシリアを狙う可能性は、今後も十分に考えられる。俺とセシリアがともにいる必要性は一層《いっそう》増したのだ。

俺はニカッとスキールに歯を見せる。

「案ずるな。セシリアの腕は俺が保証するし、なにがあっても必ず守る。実戦経験は何事にも勝る学びでもあるしな」

少しのあいだ黙考《もっこう》し、スキールが小さく息をついた。

「イサム様のご意見はごもっとも。セシリアくんの安全が保証され、学べることもあるならば、私が反対する理由はございません」

スキールが苦笑しながら、セシリアのパンデム行きを許可する。

「イサム様……！」

セシリアが感動したように瞳を潤ませて、俺を見つめる。なぜかわからないが、頬も紅潮《こうちょう》していた。

そんなセシリアを眺めながら、スキールが顎に指を当てて「ふむ」と呟く。

「なるほど……親しげなご様子を校内で見かけたと聞いていましたが、**そういうこと**ですか」

「ふぇ!?」

セシリアが素《す》っ頓狂《とんきょう》な声を上げ、ビクッと肩を跳ねさせた。

「ホ、ホークヴァン校長！　あああのですね……!!」

慌てふためくセシリアに、スキールは「はっはっはっ」とおおらかに笑う。

「皆《みな》まで言わずともいい、セシリアくん。教育者としてはできないが、一個人としては大いに応援しよう」

「そ、そう言っていただけると嬉しいのですが……！」

「思えば、この時代に飛ばされてきたイサム様を真っ先に救ってくれたのはきみだったね。きみならばきっと、イサム様の居場所になれるだろう」

「はわわわわ……!! そんなこと、イサム様の前で仰《おつしや》ったらバレちゃいますよぅ!!」

セシリアの顔がますます赤らむ。

スキールが「うむうむ」と頷くなか、セシリアは両腕をパタパタと振り、目をグルグルと回していた。

はて？　ふたりはなんの話をしているのだろうか？


俺とセシリアのパンデム行きが決まり、出発の日に向けての準備をはじめていた。

しかし、朝に行うことはいつもと変わらない。

鍛錬だ。

「はぁあああっ!!」

動きやすい格好に着替えたセシリアが、早朝の澄《す》んだ空気を引き裂き、木剣で一気呵成《いっきかせい》に斬りかかってくる。

右から左から上から真正面から斜め下から、絶え間なく繰り出される剣戟《けんげき》。怒濤《どとう》の連撃は、さながら嵐のようだ。

されど、俺とて『剣聖』。剣に関しては他《た》の追随《ついずい》を許さない。セシリアの猛攻を、軽々と木刀でいなしていく。

「ふっ!!」

セシリアが鋭く息を吐いた。

セシリアの姿がブレる。直後、いまのいままで目の前にいたセシリアが、俺の左側面に回り込んでいた。

高速移動を可能とする武技『疾風《はやて》』だ。

前方からの攻撃に意識を集中させておいて、意表を突いての側面攻撃。

上手い。

並の者ならば、なにが起きたかわからないまま倒されるだろう。

疾風の扱いは申し分ない。完璧に自分のものにしている。セシリアの成長速度はやはり驚異的だ。

感嘆《かんたん》しつつ、俺は左脚を後ろに引いて九〇度ターンし、逆袈裟《ぎゃくけさ》に振るわれた木剣を木刀で受け止めた。

不意打ちに対応した俺に、セシリアが目を見開く。

俺はセシリアの木剣を弾き、流れるように右からの横薙《よこな》ぎに繋げた。

「くっ！」

このまま斬り結ぶのは不利だと判断したのか、セシリアは疾風を用いたバックステップで俺から距離をとった。

潔《いさぎよ》い。引き際をわきまえている。

的確な判断に口端を上げ、俺はセシリアに木刀の切っ先を向けた。

「次はこちらからいくぞ」

疾風。

俺は風と化す。

予備動作ひとつない高速移動に、しかし、セシリアは対処してみせた。

「せぁあああああっ!!」

裂帛《れっぱく》の気合とともに、セシリアが木剣を振りかぶる。迫ってくる俺に、カウンターで唐竹割《からたけわ》りを見舞うつもりだ。

文句のつけようのない合わせ。視力を強化する武技『審眼《しんがん》』を用いて、俺の動きを見切ったのだろう。

反応速度は上々。対応力も言うことなし。

振りかぶった木剣が振り下ろされる。

「では、これならどうだ？」

木剣の動きを注視していた俺は、疾風の速度を緩《ゆる》めた。

セシリアは俺の速度に合わせて木剣を振るっている。己のもとに到達する直前に、木剣のカウンターが届くように計算している。

なら、俺が速度を緩めたらどうなるか？

答えは目の前にあった。

振り下ろされた木剣が、俺を打ち据えることなく、空振《からぶ》りに終わったのだ。

セシリアが瞠目《どうもく》する。

俺は再び速度を上げ、セシリアに肉迫《にくはく》した。

木刀を袈裟懸けに振るう。

「そう簡単にはやられません！」

気合一声《きあいいっせい》。

木刀が迫るなか、セシリアが手首を返して木剣の向きを変え、同時に跳躍《ちょうやく》した。

木剣を振り下ろした体勢からの斬り上げ。

跳躍の勢いを借りた強引な動きだが、正解だ。振り下ろした体勢のままでは、セシリアの敗北が決まっていたのだから。

俺が振るった木刀が、勢いの乗った斬り上げに弾かれた。

木刀と木剣がぶつかる音が響き、柄《つか》からしびれが伝わる。

自然と俺は笑みを浮かべていた。

それも当然。いまの一撃で、勝負は決まると思っていたのだから。

想像を超えてきたか！

背筋が震える。胸が躍る。セシリアの成長が嬉しくて堪《たま》らない。

「はぁあああっ!!」

俺の攻撃を凌《しの》いだセシリアは、斬り上げによって振りかぶられた木剣を、再び振り下ろしてきた。

同時、セシリアの両腕に『魂力《プネウマ》』が集まる。膂力《りょりょく》を引き上げる武技『剛《ごう》』。早くもセシリアは、三つ目の武技を修得していたのだ。

振り下ろされる木剣には、セシリアの腕力＋剛による上乗せ＋重力が込められている。まともに食らえばひとたまりもないだろう。

このタイミングで剛を用いてくるとは、なんという戦闘センスか。まったくもって末恐《すえおそ》ろしい。嬉しい限りだ。

振り下ろされた木剣が、轟《ごう》っ！　と大気を震わせる。

雷《いかづち》のごとき一撃。必殺の一撃。

「が、まだやられはせん」

俺はゆるりと木刀を掲げた。

セシリアの木剣が叩き込まれる。

瞬間、俺は木刀の剣身《けんしん》を傾けた。

木剣に込められた下向きのエネルギーを、優しく柔らかく斜めにずらす。

木剣が木刀の剣身を滑った。

受け流し。

木剣の破壊的なエネルギーを、俺は木刀の扱いでいなしたのだ。

「えっ⁉」

木剣をいなされたことで、セシリアが体勢を崩した。

力任せに木剣を振るったため、セシリアは己の動きを制御できない。結果、木剣に引っぱられるかたちでぐるりと反転し、セシリアは仰向けで芝生に倒れた。

「きゃうっ！」

可愛《かわい》らしい悲鳴が上がるなか、俺は木刀の切っ先をセシリアに突きつける。

「勝負あり、だな」

「あぅ……参りました」

負けを認めたセシリアが、木剣を手離して大の字になった。どことなく、腹を見せる犬を連想させる。

クスリと笑みをこぼし、俺は木刀を引いた。

「剛を用いた力押しは強力だが、力の制御が必要だ。無理矢理な攻撃は己の制御を離れるため、相手にコントロールされる危険性がある」

「はい……痛感しました」

「換言《かんげん》すれば、相手が力任せな手に出たら好機になるということだ。受け流しの技術は磨いておいて損はないぞ」

「そうですね。精進《しょうじん》します」

「うむ。今日の稽古《けいこ》はここまでにしよう」

「はい！　ありがとうございます！」

セシリアが上半身を起こし、ペコリと頭を下げる。

俺も礼をすると、セシリアが溜息《ためいき》とともに苦笑した。

「今日もまったく太刀打ちできませんでした。それどころか、イサム様は息も乱していませんね」

セシリアの声には元気がない。ヒマワリのように明るい笑顔も、いまは陰《かげ》っていた。少々気落ちしてしまったようだ。

稽古をはじめてから、セシリアは俺に一太刀も浴びせられていない。そのため、自分の成長が実感できないのだろう。

だが、そのようなことはないのだ。

「心配はいらぬ。セシリアは確実に成長している」

「本当、ですか？」

「ああ。稽古のたび、セシリアは前日のセシリアを超えている」

不安そうに尋ねてきたセシリアに、俺は迷いなく頷いてみせた。

「たとえ微々《びび》たる進歩でも、日々積み重ねれば遠いところまで行けるものだ。大切なのは絶やさぬこと。粛々《しゅくしゅく》と淡々《たんたん》と努力を重ねることだ。気づけば、いつの間にか目標を達成している自分がいるだろう」

俺の言葉を噛みしめるようにセシリアが頷き、「はい！」と力強く返事をする。その顔に、不安の色はもうなかった。

セシリアに頷き返し、俺は手を差し伸べる。

「戻るか。朝餉《あさげ》の準備ができている頃だ」

「楽しみですね。運動のあとのご飯は美味《おい》しいですから」

ニッコリ笑ってセシリアが俺の手をとった。

俺は腕を引き、セシリアが立ち上がる手伝いをする。

そのときだった。

「あっ」

疲れていたからだろう。立ち上がったセシリアがよろめいた。

俺に引っぱられた勢いを殺せず、セシリアの体が前のめりになる。

咄嗟《とっさ》に俺は、セシリアを抱きしめるようにして受け止めた。

セシリアを腕のなかに収め、俺は安堵《あんど》の息をつく。

「大丈夫か？」

腕のなかにいるセシリアをのぞき込む。

セシリアが俺を見上げ、パチクリと目を瞬《しばたた》かせて――その顔が茹《ゆ》だるように赤らんでいった。

「〰〰〰〰っ!!」

セシリアが唇をわななかせて、パッと俺から離れる。

セシリアの行動に、今度は俺が目を瞬かせた。

「む？　どうした、セシリア？」

「いいいいえ！　その、ち、近づきすぎましたので……」

「近づいたら不都合があるのか？」

「え、えっと……」

それらしい理由を探すかのようにセシリアが視線を泳がせて、ピン、と人差し指を立てた。

「そ、そう！　汗です！　稽古のあとで汗をかいていましたから！」

「そのようなこと、俺は気にしないぞ？」

「け、けど、汗臭くありませんか？」

俺は首を横に振る。

「まったくだ。むしろ、いい匂いがする」

「ふぇ!?」

「俺はセシリアの匂いが好きだぞ。心が安らぐ」

「〰〰〰〰っ!!」

顔を一層赤くして、またしてもセシリアが唇をわななかせた。

「あぅあぅ」とよくわからない声を上げ、セシリアが俺に背を向ける。

「そういうのはズルいと思います……」

「ズルいとは？」

「な、なんでもありません！」

セシリアの言動が理解できず、俺は首を傾《かし》げた。

いまだにリンゴのように赤い顔をしたセシリアが、チラリとこちらを見やる。

「イサム様？　そういうこと、ほかの女性の方《かた》に言ってはダメですからね？」

「なぜだ？」

「と、とにかくダメなんです！　わかりましたか!?」

セシリアが俺に対してこんなにもムキになるのははじめてだ。

謎の迫力に気圧《けお》されて、「う、うむ」と俺は頭を縦に揺らした。


「遅くなってしまったが、武技の修得に入ろう」

翌日の昼前。ホークヴァン魔導学校のグラウンド。

集まった、魔兵士科《まへいしか》：魔剣《まけん》：Sクラスの二年生たちの前で、俺は教鞭《きょうべん》を執《と》っていた。

前回の授業が、顕魔兵装である『バイパー・ダンサー』と『エヴィル・クリムゾン』の襲撃により中断され、襲撃を受けた生徒たちの精神状態を考慮してしばらく休校されていたこともあり、俺の授業が開かれるのは久しぶりだ。

セシリアも所属する2－Sの生徒たちに、俺は改めて、武技の修得について説明する。

「武技は魂力を用いた戦闘術であるため、前提として魂力の認識が必要となる。その手段が『調息《ちょうそく》』だ」

俺は手本を見せるため、説明を続けながら目を閉じた。

「『調息』は、言ってしまえば深呼吸だ。一〇秒かけてゆっくりと息を吸い、一〇秒かけてゆっくりと吐く。息を吸うときは、全身を流れている魂力がへその下――丹田《たんでん》に集まり、息を吐くときは、丹田に集まっていた魂力が、全身へと戻っていく様《さま》をイメージする」

呼吸に合わせ、俺の全身を巡《めぐ》る魂力が丹田に集まり、練《ね》り上げられ、再び全身に戻っていく。

「調息は魂力の認識法であり、同時に魂力を練る手段でもある、すべての武技の基礎となる技術だ」

俺は瞼《まぶた》を開けた。

「そして、練り上げた魂力を望む部位に送れば――」

練り上げた魂力を両脚に集め、俺は地を蹴る。

生徒たちが目を丸くした。

俺が飛鳥《ひちょう》のごとく大跳躍したのだから当然だろう。

ホークヴァン魔導学校の校舎よりも高い上空。人間が本来到達できないほどの高みから生徒たちを見下ろし、彼ら、彼女らの驚き様《よう》に笑みを漏らす。

やがて自由落下。

スタンッ、と軽やかに着地した俺に、生徒たちはポカンと大口を開けていた。

「このように、身体能力を大幅に引き上げることができるわけだ」

「さて」と、俺は生徒たちに促す。

「次はきみたちの番だ。今日の授業では、魂力を認識するため、一〇分間の調息を二回、休憩を挟んで行おう」


授業開始から四〇分が経った。

間もなく授業が終了するが、魂力を認識できた生徒はいない。残念がるように肩を落としている生徒も数名いた。

とはいえ仕方ないことだ。魂力の認識には時間がかかる。一朝一夕《いっちょういっせき》でできることではないのだから。

逆に言えば、最初の調息で魂力を認識したセシリアは、それだけ才に恵まれているということだ。

「落ち込まずともいい。魂力の認識には時間がかかるからな」

「どれくらいかかるんですか？」

「早くて一週間。一年以上かかる場合もある」

俺の答えを聞いて、生徒たちが「「「うげっ」」」と渋い顔をした。魂力の認識には、想像以上に時間がかかるとしらされたからだろう。

正直な反応に苦笑しながら、俺は諭《さと》す。

「きみたちの気持ちはわかる。だが、進歩や成長は努力の先にあるもの。努力は避けて通れないものなのだ」

と説く。

「一〇〇の才を持つ者も、一の努力を怠《おこた》れば成長はない。一の才しかなくとも、一〇〇〇の努力を積めば天才を超える。努力は嘘《うそ》をつかぬのだ」

俺の言葉で気持ちを改めたのか、生徒たちが顔つきを引き締めた。

生徒たちの真剣な眼差しに満足してから、俺は伝える。

「俺はしばらくラミアを離れる。授業を開くこともできん」

「用事でもあるんですか？」

「ああ。込み入った事情があってな」

『魔の血統』や顕魔兵装については明かせないため、質問してきた生徒に対し、俺は手短に答えた。

「俺がいないあいだ、きみたちには自主的に調息の修練をしてもらいたい。俺が戻ってきたとき、その成果を見せてくれたら嬉しい」

生徒ひとりひとりに目を配りながら、俺は締めくくる。

「強制はせぬ。ただ、期待はしている」

生徒たちがしっかりと頷いた。

向上心のある生徒たちを持てて、喜ばしい限りだ。


パンデムへの旅立ちが明日に迫り、俺とセシリアは必要な荷物をまとめていた。

今日の夕食はいつもより豪勢だった。旅立つ俺たちに向けての、ジェームズとポーラの心遣いだろう。

ジェームズとポーラのためにも、セシリアを守り抜き、できるだけ速《すみ》やかに事態を解決しなければ。

「衣服はこれで揃ったな」

「魔導兵装の整備道具もしまいました。荷造りは完了ですね」

「ああ。では、明日に備えて早めに寝るとしよう」

「はい！」

それぞれのトランクケースの蓋を閉め、俺とセシリアはベッドに向かう。

先にベッドに横たわり、俺はセシリアを手招きする。

「さあ、セシリア」

「あ、えっと……」

セシリアが顔を赤らめ、躊躇《ちゅうちょ》するようにモジモジしはじめた。

俺は嘆息《たんそく》する。

「ふむ。やはり今日もか」

一月《ひとつき》ほど前から、セシリアはこのような症状に見舞われていた。なんでも、俺の側にいると鼓動が早まり、胸が締め付けられるように感じるらしい。

当初は俺もうろたえ、医者に診《み》てもらおうとしたのだが、ジェームズとポーラが必要ないと判断した。『嫌な気持ちはせず、むしろ幸せな感じがする』とセシリア自身も言っていたので、いまは経過観察しているところだ。

しかし、ともに眠ろうとするたびに症状が現れるので、流石に心配になり、俺は先日、セシリアにこう提案した。

『別々に眠ったほうが、心が安らぐのではないか？』

セシリアの答えは早かった。

『平気です！　心配されなくても大丈夫です！　むしろダメです！　別々に眠るなんてとんでもないです！』

全力の拒否だった。

セシリアが構わないのならそれ以上言うことはないのだが……必死すぎてはいなかっただろうか？

当時のことを思い返して「うーむ」と唸《うな》っていると、鼓動を鎮《しず》めるように長く息を吐いて、セシリアがベッドに潜り込んできた。

「し、失礼します」

「なぜかしこまるのだ？」

「おおおお気になさらず！」

それは無理だ。やはり気になる。

だが、セシリア自身、症状の原因がわからないそうなので、俺に知る術《すべ》はない。

なので、俺は割り切ることにした。

知る術がないのなら悩むだけ無駄だ。症状の悪化に気をつけながらも、普段通り過ごすのが最適だろう。

「うむ」と納得の頷きをしていると、セシリアが部屋の明かりを消した。

「お、おやすみなさい、イサム様」

「おやすみ、セシリア」

就寝の挨拶《あいさつ》をして、俺は瞼を伏せる。

と、隣から「すぅー……はぁー……」と呼吸音が聞こえてきた。どうやらセシリアが深呼吸しているらしい。

どうしたのだろうか？　まるで、なにかを覚悟しているような、自分を勇気づけているような気配がするのだが……。

隣を確かめるために、俺が瞼を開けたとき――

「え、えいっ」

気合を入れるようなセシリアの声とともに、俺の左腕がなにかに包まれた。

ふわりとした柔らかさと、心をほぐすような温《ぬく》もりが、俺の左腕から伝わってくる。鼻孔《びこう》をくすぐるのはラベンダーに似た香りだ。

思わぬ事態に俺は目を丸くする。

隣を見やると、真っ赤になったセシリアの顔が、間近《まぢか》にあった。

俺は理解する。

柔らかさの正体はセシリアの感触。

温もりの正体はセシリアの体温。

香りの正体はセシリアの匂い。

セシリアが、俺の左腕を抱きしめているのだ。

セシリアの顔は耳まで赤く染まり、両目はギュッとつぶられている。

密着している左腕からは、セシリアの体の震えと、駆け足のように速まった鼓動が伝わってきた。

そうか……そうだったのか、セシリア。

俺はセシリアの思いを察した。

右腕をセシリアの背に回す。ビクリとセシリアが身震いして、体を強張《こわば》らせる。

「すまない、セシリア。きみの気持ちに気づけなかった」

「き、ききき気づいちゃいましたか!?」

「ああ。よくわかった」

セシリアが弾かれたように顔をはね上げ、キツく閉じていた瞼を開ける。

穏やかな顔つきで、俺はエメラルドの瞳を見つめた。

「俺は誓いを違《たが》えん。いつまでもセシリアの側にいて、いつまでも守り続ける」

「イサム様……！」

感極まったようにセシリアが声を震わせる。

セシリアの瞳が潤み、頬がゆるみ、トロリと夢見るような表情になる。

俺はセシリアに微笑みかけた。

「きみは、パンデムへの旅に緊張していたのだな」

「…………ふぇ？」

セシリアが間の抜けた声を漏らし、目をパチクリさせた。

俺はセシリアの背中をポンポンと優しく叩く。

「大丈夫だ、俺がついている。だから安心して眠るといい」

赤子をあやすように背中を叩いていると、セシリアが頬をむくれさせた。

「……イサム様は、わたしの気持ちに気づかれたんですよね？」

「ああ。セシリアは心配だったのだろう？　俺に縋《すが》り付きたいほどに、パンデムへの旅を憂慮《ゆうりょ》していたのだろう？」

エメラルドの瞳が半眼になる。

セシリアが深く深く溜息をついた。

「……ぬか喜びです」

「む？　どうした？　なぜ拗《す》ねている？」

「拗ねてなんかいません！」

威嚇《いかく》する仔犬のように声を荒らげて、セシリアがグリグリと額を押しつけてきた。

いや、明らかに拗ねているのだが……不安だったのだろう、セシリア？　慰めたのに、なぜこのような反応をするのだ？

わからん。まったくわからん。

わかったのは、拗ねるセシリアは非常に愛らしいということくらいだった。

いよいよパンデムに発《た》つ日がやってきた。

いつもより軽い鍛錬をして、朝食をとり、トランクケースを手にして、俺とセシリアはデュラム家を出た。

「くれぐれも気をつけてくださいね、セシリアさん」

「どうかお怪我《けが》のないように」

「はい！　必ず無事に帰ってきます！」

見送りにきたポーラ、プラムがセシリアを抱きしめる。

「娘をお願いします」

「承《うけたまわ》った。セシリアは俺が守る」

頭を下げるジェームズに俺は手を差し出し、誓いを込めて固い握手を交わした。

「では、行ってくる」

「待ってくださいね！」

歩き出した俺とセシリアの背に、ジェームズ、ポーラ、プラムは手を振り続けてくれていた。

名残《なごり》惜しそうにしながらも三人から目を切って、セシリアが俺に確認してくる。

「たしか、ホークヴァン校長がお供をつけてくださるのでしたね」

「ああ。門の近くで待っているそうだが……」

レンガ敷きの道を進み、俺とセシリアは門にたどり着く。

鉄製の門をくぐると、二〇代前半と思《おぼ》しき女性がいた。

中肉で高身長。豊かな胸と長い手足を持っている。

髪は紫のロングストレート。赤い瞳は切れ長。シュッとした細面《ほそおもて》。

身につけているのは、白いシャツ、青い上着とズボン、茶色い編み上げブーツ。

腰のベルトには、短剣型の『魔剣』が下げられていた。

こちらに気づいた女性が、ニッコリと人好きのする笑顔を見せる。

「おはようございます！　イサムさんとセシリアさんですね？」

「ああ。きみがスキールの言っていた同行者か？」

「はい！　ティファニー＝レーヴェンって言います！　ティファニーと呼んでください！」

ティファニーが手を差し伸べてきた。俺は差し伸べられた手を取り、「よろしく頼む」と挨拶する。

そんな俺たちを見て、セシリアが唇を尖らせた。

いかん。俺が女性に触れると、セシリアはモヤモヤするのだったな。

思い出し、俺はできるだけ自然にティファニーの手を離す。

ティファニーは気に留めるふうもなく、セシリアに握手を求めていた。

「じゃあ、行きましょっか。こちらにもうひとり、同行者がいるんです」

セシリアとの挨拶を済ませたティファニーが、俺たちを先導する。

三分ほど歩くと、曲がり道の先に、一台の『魔導車《まどうしゃ》』と初老の男性がいた。

白髪で、白い口ひげをたくわえたその男性は、俺たちに気づき、年の割にピンと伸びた背を恭しく折る。

「イサム様、セシリア様、ティファニー様、お待ちしておりました。スキール様より案内役を仰《おお》せつかりました、グレアム＝ゴードブルと申します」

グレアムが白い手袋をした手で、背後に停められていた魔導車を示す。知識がない俺でも一目で高級とわかるような、黒く艶《つや》やかな車体を持つ魔導車だ。

「私の運転する魔導車で、パンデムの手前の街『ジェイン』までお送りいたします」

「助かる」

礼を言う俺に「もったいないお言葉」と目を細め、グレアムが魔導車の背後にある荷箱（トランクというらしい）を開く。

トランクに荷物を詰め、俺たちは魔導車に乗り込んだ。

「それじゃあ、出発です！」

ティファニーの元気な声を号令に、魔導車が走り出す。

パンデムへの旅がはじまった。

デートと討伐と邂逅

「到着しました。ここがジェインでございます」

ラミアを出発してからおよそ五時間後。グレアムが魔導車を路肩に停めた。

ミロス王国北部の街『ジェイン』に着いたのだ。

ジェインには、周りの街と繋がる交通機関が多数あり、ミロス王国北部の交通の中核になっているらしい。

辺りの建物はレンガ造りのものが多く、味のある街並みをしていた。

「長時間の運転、ご苦労だった」

「とんでもございません」

俺が労《ねぎら》うと、グレアムは皺《しわ》だらけの顔に柔和《にゅうわ》な笑みを浮かべて謙遜《けんそん》する。まことに礼儀正しい男だ。

俺は魔導車を降りてぐるりと反対側に回り、シートベルトというらしい器具を取り外したセシリアに、手を差し伸べた。

「セシリア、手を」

「あ、ありがとうございます」

セシリアは赤面しながらも俺の手を取り、魔導車を降りる。口角がわずかに上がっており、どことなく嬉しそうに見えた。

そんな俺たちの様子を眺め、ティファニーがニマーっと、いたずらっ子のような笑みを浮かべる。

「へぇー、ふぅーん、ほぉー。セシリアちゃんってそうだったんだー」

「ふやっ!?」

ティファニーがからかうような口調で意味深なことを言って、セシリアが奇妙な声とともに肩を跳ねさせた。

ちなみに、ティファニーがセシリアを呼ぶ際、『さん』付けから『ちゃん』付けになっているのは、移動中に打ち解けたからだ。

セシリアとティファニーのいまのやり取りはなんだろうか？

首を傾げつつ、俺はティファニーの降車を手伝おうと助手席へ向かう。

が、俺が手を差し伸べるより先にティファニーは車を降りていた。

「む？」と目を瞬かせる俺に、ティファニーが「ちっちっちっ」と人差し指を振りながら、ニヒルな笑みで忠告してくる。

「ダメですよ、イサムさん。そういうのはセシリアちゃんだけにやってあげてください」

「ティティティティファニーさん!?」

なぜかセシリアが慌てた。

赤い顔で両手を忙しなく動かすセシリアに、ティファニーがからからと笑っている。どういうわけか、シャイな仔犬とイタズラ好きな猫を連想させた。

そういえば、五日前に稽古をした際、ティファニーと似たことをセシリアから言われたな。

顎に指を当てながら、俺は思い出す。


――イサム様？　そういうこと、ほかの女性の方に言ってはダメですからね？


ようするに、ティファニーとセシリアは、『セシリアを特別扱いしろ』と言いたいのだろう。

俺にとってセシリアはすでに特別な存在なのだが、今後は一層気をつけるとしよう。

「うむうむ」と頷いていると、グレアムが魔導車から降り、慇懃《いんぎん》に腰を折った。

「私がお供できるのはここまでです。皆さま、どうかお気をつけて」

「ああ。助かった」

「「ありがとうございます」」

俺たちは礼を口にして、グレアムに背を向ける。少し先にある道を曲がるまで、グレアムは頭を下げ続けていた。

「じゃあ、次は駅に向かいましょう」

俺とセシリアの先を歩きながら、ティファニーが和やかに言う。

「パンデムへの旅は折り返し地点ですよ」

鉱山で採掘される『魔石《ませき》』を主な財源にしているパンデムは、山岳地帯にあり、行き来には専用の『魔導機関車《まどうきかんしゃ》』に乗車する必要があるらしい。

魔導機関車とは、魔導車と同じく『魔導機関《まどうきかん》』を用いた乗り物で、一度に大人数の乗客を運べるそうだ。二〇〇年前では考えられない。技術の進歩には驚かされるばかりだ。

魔導機関車は、駅から駅へと続く線路の上を走るとのこと。

俺とセシリアはティファニーに連れられ、ジェインの北にある駅を訪れていた。付近の建物のなかで、もっとも巨大な施設だ。

これから俺たちは、パンデム行きの魔導機関車に乗る——はずだったのだが。

「運休？」

駅の改札口。駅員から話を聞いたティファニーが、困惑の表情を浮かべる。

駅員は申し訳なさそうに首肯した。

「二日前に地震が発生しまして、その影響で線路が傷んでしまったんです。早急に対応にあたったのですが、復旧まであと三日はかかると思います」

「大変申し訳ありません」と駅員が頭を下げる。

ティファニーが眉と唇をひん曲げて、腕組みした。

「予定通りには行かないもんですねー……」

「うーん」と唸るティファニーの後ろで、俺とセシリアは小さく嘆息する。

「参ったな」

「そうですね」

顕魔兵装の脅威は身をもって味わっている。放っておけば多くの被害者が出てしまうだろう。

顕魔兵装を破壊するためにも、できるだけ早くパンデムにたどり着きたい。

かといって、どれだけ急《せ》いても復旧が早まることはない。予定の変更が必要のようだ。

現状を踏まえ、俺は口を開いた。

「……しばらくジェインに滞在せねばなるまい」


駅を出た俺たちは、駅前にある時計台の下で今後の相談をしていた。

「さて。ジェインに滞在することになったけど、どうします？」

「まずはジェインの街になにがあるか、確かめるべきではないでしょうか？」

ティファニーの問いに、セシリアが挙手しながら答える。

「ジェインに滞在する以上、どんな場所にどんな施設があるか、把握《はあく》しておいたほうがいいと思うんです」

「俺もセシリアと同じ意見だ。旅の期間が延長するとなると、事前に準備した荷物だけでは足りなくなるやもしれぬ。買い足す可能性を考慮すると、ジェインの街について詳しくなっておくべきだ」

俺が賛同すると、ティファニーも頷いた。

「たしかにそうですね。じゃあ、ジェインの街を歩きまわって——」

そこまで言って、ティファニーが言葉を切る。

かと思うと、なにかを閃《ひらめ》いたような表情をしてから、新しいおもちゃを見つけた子どものごとく、ティファニーはにんまりと笑った。

「あーっと！　そういえば、スキール様への報告が必要でした！」

大袈裟《おおげさ》な口調でそう言って、ティファニーが、ポン、と手を合わせる。

「ホテルも確保しないといけませんし、ここからは二手にわかれませんか？　わたしはスキール様への報告とホテルの確保を行いますから、イサムさんとセシリアちゃんはジェインの街を探索してください」

「ティファニーが単独行動をとるのか？」

俺が訊《き》くと、ティファニーは「むふふ」とどこか出歯亀《でばがめ》じみた笑みを見せた。

「ええ。イサムさんもセシリアちゃんと一緒にいたいでしょう？　ほら、デートっぽいじゃないですか」

「デデデデート!?」

セシリアの顔が一瞬で赤くなる。あまりの赤面具合に、セシリアの頭から湯気が上る様を俺は幻視した。

「はわわわ……！」と口を開け閉めしているセシリアに、ティファニーがパチン、とウインクする。

「ナイスアシストでしょ？」

「ティファニーさん！」

「じゃ、三時間後、ここに集合ってことで！」

プレイボーイのごとく無駄にいい顔をして、ティファニーが走り去っていく。からかわれたのかと思われるセシリアは、涙目でプルプル震えていた。

ティファニーはなにを面白《おもしろ》がっている？　セシリアはなぜこんなにも動揺している？　気にはなるが、触れていいものか悪いものか……。

俺はポリポリと頬を掻《か》く。

セシリアの慌てようを見るに、詳しく尋ねると追い込んでしまいそうだ。そっとしておくのが吉《きち》だな。

そう結論付けた俺は、気持ちを切り替えるために息をついてから、セシリアに呼びかけた。

「では行くか、セシリア」

「ひゃ、ひゃいっ！」

「どうした？　緊張しているのか？」

「そそそんなことないですよ!?」

「これでもかというほど目が泳いでいるぞ？　セシリアは嘘が下手だな」

俺は苦笑する。

図星だったのか、セシリアはうつむき、拗ねたように唇を尖らせた。

セシリアが恨《うら》めしげな目で俺を見上げてくる。

「イサム様、イジワルです」

「すまぬな。セシリアが愛らしいもので」

「〰〰〰〰っ！　そういうところですよぅ……」

セシリアがさらに顔を赤くした。流石にからかいすぎただろうか？

少し反省していると、セシリアがためらいがちに手を伸ばしてきた。

「手を繋いでくれたら許してあげます。その、は、はぐれたら、困りますし……」

パチパチと数回瞬《まばた》きをして、俺は笑みをこぼす。

「喜んで」

姫に仕える騎士のように、俺はセシリアの手を取った。

俺とセシリアは歩き出す。

ふと横目で窺《うかが》うと、セシリアの頬が緩んでいた。


「ここは市場か」

「お肉もお魚もお野菜も、いっぱい揃ってますね」

「飲食店も見受けられるな」

街を巡る俺たちは、ジェインの西部に来ていた。西部の大通りには市場や飲食店が建ち並び、活気に満ちている。

「あっ！」

そんななか、セシリアがはしゃいだ声を上げた。セシリアの瞳は宝石のように輝き、一点を見つめている。

セシリアの視線を追うと、一軒のパン屋があった。パン屋は店頭販売を行っており、テーブルの上には拳サイズのパンが並んでいる。パンには切れ込みが入れられ、みっしりとクリームが詰められていた。

セシリアが声を弾ませる。

「マリトッツォです！」

「マリトッツォ？」

「はい！　ジェインの名物で、パンにクリームを挟んだお菓子です！」

一目で興味津々《きょうみしんしん》とわかる様子だった。

思えば、マリーも、『工匠』リト＝マルクールも、普段はクールなフィーアでさえも――勇者パーティーの女性陣は、皆、甘いものを前にすると目の色を変えていた。

どうやらセシリアも、甘いものに目がないらしい。

頬を緩め、俺は提案する。

「食べていくか？」

「はい！」

満面の笑みでセシリアが振り返り、「あ」となにかに気づいたように声を漏らした。

セシリアの笑顔が曇る。

「けど、わたしたちはジェインの街を探索している最中ですし……サボるのはティファニーさんに申し訳ないです……」

セシリアが肩を落とした。頭の上に雨雲が漂っているかのようだ。

真面目な子だな。買い食いをしたくらいでは罰《ばち》は当たらんというのに。

苦笑しつつ、俺は述べる。

「食べたければ食べても構わないと思うぞ？」

「で、ですけど……」

「我慢は体によくない。それに、ここ一時間ほど歩き通しだったからな。休憩をとれば効率も上がるのではないか？」

俺の意見に、セシリアがピクッと反応した。

セシリアの視線が再びマリトッツォに向けられる。

「そ、そうですね。休憩は必要ですよね。効率が上がれば、よりよい成果も得られますしね」

釈明《しゃくめい》しながらも、セシリアの目はマリトッツォに釘付けになっていた。『休憩をとれば効率も上がる』との免罪符《めんざいふ》は、効果覿面《こうかてきめん》だったらしい。

正直なセシリアが微笑ましくて、俺は笑みを堪《こら》えられなかった。


マリトッツォをふたつ購入し、俺たちは近くにあったベンチに腰掛けていた。

「ふわぁ……!!」

マリトッツォを手にするセシリアは見るからに感激していた。頬がフニャフニャに緩み、瞳はキラキラと煌《きら》めいている。眺めているこちらが幸せになるような表情だ。

「食べるか」

「はい！　いただきまーす！」

セシリアが勢いよくマリトッツォ（ピスタチオクリーム入り）にかぶりついた。

口のなかをマリトッツォでいっぱいにして、モキュモキュと咀嚼《そしゃく》する。木の実を頬張るリスのようで可愛らしい。

セシリアが頬に手を添えて、「ん――っ♪」と目を細めた。

「美味しいです《ふおいふいいうえふ》！」

「それはよかった」

いつもより子どもっぽい仕草に癒やされつつ、俺もマリトッツォ（チョコクリーム入り）を口にする。

パンはフカフカ。チョコクリームは濃厚だがしつこくない。はじめて食べたのだが、どこか懐かしさを感じる味だ。

「なかなかに美味《うま》いな」

「はい！」

セシリアが同意して、さらにマリトッツォを一口。

セシリアのマリトッツォはすでに半分なくなっていた。よほど食《しょく》すのを楽しみにしていたのだろう。

罪悪感なく食べられるよう、免罪符を与えたのは正解だったな。

己の判断を褒めながら、俺もマリトッツォをかじる。

マリトッツォを味わっていると、不意にセシリアの視線を感じた。

見ると、セシリアが俺のマリトッツォをじーっと凝視していた。言葉に出さずとも、『食べたい！』という気持ちが伝わってくる。

思わず笑みをこぼしながら、俺はセシリアに、自分の持つマリトッツォを向ける。

「こっちも食べてみるか？」

「いいんですか!?」

「ああ。美味いぞ」

勧めると、セシリアは眩《まばゆ》いばかりの笑みを咲かせた。ブンブンと尻尾を振る犬のような喜びようだ。

セシリアが喜々《きき》として口を開ける。

マリトッツォにかぶりつこうとして——セシリアがピタリと動きを止めた。その頬には朱《しゅ》が差し、唇はムニャムニャとわなないている。

俺は首を傾げた。

「どうした？」

「い、いえ……このマリトッツォは、イサム様が口をつけたものですから……その……」

「む？　嫌だっ——」

「嫌ではありません‼　全然‼　まったく‼　これっぽっちも‼」

「食い気味だな」

セシリアが俺の懸念《けねん》を全力で否定する。その目は狩人《かりゅうど》のごとく真剣だった。そこまで必死になることだろうか？

俺が疑問符を浮かべるなか、セシリアは大きく息を吸って、大きく吐く。

緊張を鎮《しず》めるように深呼吸したセシリアは、ギュッと目をつむり、思い切ったようにマリトッツォにかぶりついた。

モグモグと咀嚼するセシリアに、俺は笑いかける。

「どうだ？　美味いだろう」

「……美味しいです」

セシリアは顔をうつむけて、消え入りそうな声で答えた。どうしてか、セシリアの耳は真っ赤になっていた。

セシリアの感想に満足して、三度《みたび》、俺はマリトッツォを口にする。

うむ。やはり美味い。

「……イサム様」

口にしたマリトッツォをのみ込むと、セシリアが視線を逸らしつつ、自分のマリトッツォを俺に差し出してきた。

「その……わたしだけいただくのも、なんですから」

「分けてくれるのか？」

「は、はい……えと……あ、あーん」

口元をモニョモニョさせながら、セシリアが俺の口にマリトッツォを運ぶ。

「うむ。ありがたくいただく」

礼を告げ、俺はセシリアのマリトッツォを頬張った。

ピスタチオクリームのマリトッツォはまったりとした味わいで、チョコクリームのものとは違った美味さがある。

「こちらもいいな。甘くて美味い」

「そ、そうですね」

俺がかじったマリトッツォをセシリアが見つめ、ついばむように口にした。

「甘いです。とっても」

セシリアの横顔はトマトほど赤く、口元は緩んでいた。


日が傾きはじめた。

ひととおりジェインの街を巡り、どこにどのようなものがあるか調べ終えた俺とセシリアは、ティファニーと合流するため駅前の時計台に向かっていた。

その途中、中央通りにて、セシリアが一軒の露店に目を留める。

「アクセサリーを売ってるみたいですね」

露店のカウンターには数々のアクセサリーが並んでいる。セシリアはそれらのアクセサリーを興味深げに眺めていた。

「寄っていくか？」

「けど、ティファニーさんと待ち合わせしていますし……」

「約束の時間まではまだある。少しなら寄り道しても構わないだろう」

「……では、少しだけ」

セシリアが微笑み、俺たちは露店に向かう。

「……なんだか、本当にデー……みたいですね」

セシリアがなにやら囁《ささや》いた気がした。

「なにか言ったか？」

「い、いえ、なんでもありません！」

俺が尋ねるも、セシリアはパタパタと両手を振って否定する。その頬はほんのりと朱が差していた。

「いらっしゃい、お兄さん、お嬢さん。よかったら好きなだけ見てってよ」

歩いてくる俺たちを、露店の男性店員が和《にこ》やかな顔で迎える。

遠慮なく、俺とセシリアはアクセサリーを眺めることにした。

並んでいるアクセサリーには宝石や天然石があしらわれていた。細工も丁寧で、素人《しろうと》の俺でもいい出来だとわかる。

そのなかのひとつに俺は目を引かれた。花を模した金属細工。その中央にグリーンメノウを埋め込んだ、髪留めだ。

俺は髪留めを手にとり、セシリアに見せた。

「セシリアの瞳と同じ色だな」

「本当ですね。とってもステキです」

セシリアが華やいだ笑みを浮かべる。どうやら気に入ったらしい。

セシリアの笑顔に満足して、俺は店員に声をかける。

「この髪留めを買いたい」

「えっ？」

セシリアが目を丸くした。

「いいんですか？」

「ああ。気に入ったのだろう？　講師業の対価としてスキールから給金をもらっている。遠慮することはない」

「けど……」

セシリアが申し訳なさそうに眉を下げる。

俺はカラリと笑った。

「俺がセシリアにプレゼントしたいのだ。受け取ってもらえたら嬉しい」

「ふやっ!?」

セシリアが謎の鳴き声を上げて、視線を泳がせる。

指と指をモジモジさせたセシリアは、恥ずかしがるようにうつむいた。

「……やっぱり、イサム様はズルいです」

ポツリと呟《つぶや》いたセシリアは顔を上げ、ふにゃりと頬を緩める。

「喜んで受け取らせていただきます」

思わず見とれてしまいそうなほど可憐《かれん》な笑顔だった。

「いいねー、初々《ういうい》しいねー、甘すぎてブラックコーヒーがほしくなっちゃうよ」

俺とセシリアのやり取りを眺めていた店員が、クツクツと喉を鳴らす。

「お兄さんとお嬢さんはお似合いのカップルだね」

「カカカカップル!?」

からかうような店員の言葉に、驚いて毛を逆立てる猫のごとく、セシリアが肩を跳ねさせる。

その顔は夕日ほど赤く染まっていた。

「いいもの見せてもらったから、お代は八割でいいよ。カップルさんへの特別サービス」

店員がウインクする。

セシリアはなおも顔を赤らめて、「あぅあぅ」とアタフタしていた。

「それは悪い。俺とセシリアはカップルではないからな」

「え？　あ……そ、そう」

だが、騙《だま》すわけにはいかない。俺は正直に告白して、店員に正規の代金を払う。

なぜか気まずそうに頬を引きつらせて、店員は代金を受け取った。

店員から髪留めを受け取り、セシリアに手渡す。

「ほら、セシリア」

「……ありがとうございます」

「む？　なにやら沈んだ顔をしているが、どうした？」

「……なんでもありません」

先ほどまで赤面しながらアタフタしていたセシリアは、どういうわけか無表情で肩を落としていた。

店員が乾いた笑いを漏らす。

「えっと……めげずに頑張りなよ、お嬢さん」

「……はい」

セシリアが深く深く溜息をついた。


ジェインに到着してから三日後。ようやく運行が復旧した魔導機関車に乗り、俺たちはパンデムを目指していた。

俺たちはボックス席と呼ばれる席に座っている。俺の左にセシリア、正面にティファニーという構図だ。

「パンデムに着いたら、どうやって顕魔兵装を探しましょうか？」

車窓の景色が移りゆくなか、セシリアが話を切り出す。

「顕魔兵装がパンデムにあるのはわかっていますけど、パンデムは決して狭くありません。見つけるのは容易ではないと思うのですが……」

「それなら大丈夫！」

セシリアの懸念を吹き飛ばすように、ティファニーが、ドン！　と胸を叩いた。

「『ピースメーカー』に協力を要請しているからね！」

「ピースメーカー？」

「パンデムで活動している自警団だよ」

首を傾げるセシリアに答え、ティファニーが説明をはじめる。

「パンデムに犯罪組織が巣くってるのは知ってるよね？　その犯罪組織から民衆を守るため、パンデムには三つの自警団が存在するんだ」

ティファニーが右手の指を三本立てた。

「ひとつ目は『ホワイトガード』。ふたつ目は『ジャスティス』。そして三つ目が『ピースメーカー』」

ティファニーが続ける。

「ジェインに滞在してるあいだに連絡をとってみたら、『ある犯罪組織が謎の兵器を入手した』ってピースメーカーが教えてくれてね。わたしたちと利害が一致してたから、合同捜査を提案したんだ」

「合同捜査となると、『魔の血統』や顕魔兵装のことを明かさねばならないと思うのだが、平気なのか？」

尋ねると、ティファニーが「はい」と首肯した。

「スキール様から許可を得てます。『ピースメーカーなら信用できる』って言ってましたから、大丈夫ですよ」

「ふむ。ならば決まりだな」

俺たち三人は頷き合う。

「顕魔兵装の捜索はピースメーカーとともに行う。パンデムに到着したら、まずはピースメーカーのもとを訪ねよう」


「──見切った！」

「あっ！」

ティファニーがキラン、と目を光らせて、二枚あるセシリアの手札のうち、右のカードを引き抜く。

カードに描かれた模様を確かめ、ティファニーがニマッと唇を歪めた。

「イエーイ！　上っがりーっ！」

「ま、また負けました……」

ティファニーが万歳をして、セシリアがガクリと肩を落とす。

パンデムに到着するまでのあいだ、俺たちはトランプに興《きょう》じることにした。小一時間、ババ抜きで遊んでいるのだが、セシリアが勝てたのはわずか一回。あとは全敗だった。

「うぅ……どうして勝てないんでしょうか？」

「セシリアちゃんは顔に出すぎなんだよねー。もっとずる賢くならなくちゃ」

「わたし、そんなにわかりやすいですか？」

「うん。だからこそ、わたしもセシリアちゃんの秘めたる想いに気づいたわけで」

「ふゃっ!?」

セシリアが謎の鳴き声を上げながら肩を跳ねさせて、ティファニーがケラケラと至極《しごく》おかしそうに笑う。

そんなふたりのやり取りを、俺は微笑ましい気分で眺めていた。

ジェインを発ってから二時間。時刻は一時過ぎ。予定では、あと三〇分ほどでパンデムに到着する。

そのとき、魔導機関車が、ガタンッ、と激しく揺れた。

突然の衝撃に、乗客たちが悲鳴を上げる。

「ひゃっ!?」

「おっと。大丈夫か、セシリア？」

「は、はい」

前方につんのめりそうになったセシリアを、咄嗟に左腕で支える。セシリアがほんのりと頬を赤らめた。

魔導機関車は速度を急激に緩めていき、やがて停車する。

何事かと眉をひそめていると、車両前方のドアが勢いよく開き、乗員と思われる男が入ってきた。

「大変申し訳ありません！　モンスターの出現により、当列車はしばらく停車いたします！」

乗員の知らせに乗客たちが息をのむ。

車両内にざわめきが広がるなか、状況を確認するため、俺は車窓から身を乗り出した。魔導機関車の進行方向に目を向ける。

巨体があった。

体長は推定一〇メトロ。

石柱のごとく太い四本の脚には、剣《つるぎ》のように鋭い爪。

爛々《らんらん》と光る双眸《そうぼう》。口腔《こうくう》にはズラリと牙が並んでいる。

黒光りする鱗《うろこ》に覆われたそのモンスターを目にして、俺は顔をしかめた。

「『オアー・ドラゴン』か。大物が出たな」

モンスターでも最上位とされる『ドラゴン属』。その一種がオアー・ドラゴンだ。鉱石を食べて育ち、爪・牙・鱗の強度はどんな鉱物にも勝る。最硬《さいこう》のドラゴンと称され、危険度はＳクラス。もちろん、一筋縄《ひとすじなわ》では討伐できない。

俺に続いて車窓から身を乗り出したセシリアとティファニーが、目を丸くした。

「どうしてオアー・ドラゴンがここに!?」

「たしかにおかしいね。オアー・ドラゴンは地中で過ごしているはずなのに……」

「おそらく、地震の影響だろうな」

動揺しているふたりに、俺は推測を述べる。

「六日前に地震が発生し、ジェインとパンデムを繋ぐ魔導機関車は運休を余儀《よぎ》なくされた。当然ながら、地中にいたオアー・ドラゴンも地震を感じただろう。地震の衝撃に危機感を覚え、地上に避難した。そう考えるのが妥当だ」

「なるほど……厄介《やっかい》なことになりましたね」

「まさか危険度Sクラスのモンスターが現れるなんて思わなかったしね」

俺たちが苦虫を噛みつぶしたような顔をしているあいだにも、車両内のざわめきは大きくなっていく。

うろたえる乗客たちに向けて、乗員は声を張り上げた。

「ご安心ください！　当列車には、モンスター討伐サークルの魔兵士方《がた》が、護衛として乗り合わせております！」

乗員の言葉を証明するように、先頭車両から六名の男女が降りていった。彼ら、彼女らの手には、いずれも魔導兵装が握られている。

乗員の知らせに安堵したのか、車両内のざわめきが収まっていく。

しかし、俺は気づいていた。

「厳しいな」

護衛の魔兵士たちの様子を見るに、そう判断するほかない。

魔兵士たちはいずれも体を強張らせており、冷や汗を頬に伝わせている。

彼ら、彼女らは察しているのだ。自分たちはオアー・ドラゴンに敵わないと。

それでも魔兵士たちは引かなかった。乗客・乗員を守るため、己の使命を果たすため、死を覚悟でオアー・ドラゴンに挑もうとしている。

ならば、見捨てることなどできはしない。

「待たれよ」

俺は車窓からひらりと飛び出し、魔兵士たちに声をかけた。

緊張していたからだろう。魔兵士たちがビクリと体を震わせて、振り返る。

いきなり声をかけられて困惑している様子の魔兵士たちに、俺は告げた。

「やつの相手は俺がする」

「は、はぁ？」

「たった三人で挑もうっての!?」

「三人？」

女性魔兵士の指摘に俺は眉をひそめる。

三人？　ここにいるのは俺ひとり。ふたり多いのではないか？

「任せてください！」

怪訝《けげん》に思っていると、背後から声がした。

顔を向けると、魔導兵装を手にしたセシリアとティファニーが立っている。

「オアー・ドラゴンはわたしたちが倒します！」

「あなたたちを見殺しにはできないしね」

「……俺はひとりで挑もうと思っていたのだが」

「イサム様が戦っているのに、わたしたちが傍観《ぼうかん》していられるわけないじゃないですか」

「と、セシリアちゃんが言ってますから」

セシリアが、フンス！　と鼻息を荒くして、ティファニーが、タハハ、と苦笑した。

俺はポリポリと後頭部を掻く。

「やれやれ。仕様のない子だ」

そう言いながらも、俺の口元はほころんでいた。

俺はセシリアとティファニーを見つめる。

「油断するなよ」

「「はい！」」

セシリアとティファニーが力強く頷いた。

俺たちが団結するなか、魔兵士たちのリーダーと思しき男が口を開く。

「任せられるわけないだろ。あんたたちを守るのが俺たちの仕事だ。傷ひとつでもつけたら、依頼主に顔向けできねぇ」

「敵わないとわかっていても、か？」

「言っただろ。それが仕事だ」

男は揺らがなかった。

男の決意に鼓舞《こぶ》されたのか、ほかの魔兵士たちも頷く。皆《みな》、眼差《まなざ》しに火が灯《とも》っていた。勇敢《ゆうかん》な者たちだ。

　ならばこそ、惜しい。

　彼ら、彼女らは、ここで散っていい者たちではない。

　ここで散らせてなるものか。

「案ずるな」

　俺はオアー・ドラゴンを見据える。

「傷ひとつ負わんさ」

　魔兵士たちの肌が粟立《あわだ》った。

　俺の放つ闘志に当てられたのだろう。一瞬で察したのだろう。

　目の前にいる男は、オアー・ドラゴンなど比較にならないほどのバケモノだと。

　身動きひとつ、反論ひとつできず、魔兵士たちはゴクリと唾《つば》をのんだ。

　彼ら、彼女らを守るため、前に出る。悠然《ゆうぜん》と歩《ほ》を進める。

　オアー・ドラゴンの双眸が俺を捉えた。

　オアー・ドラゴンが大口を開けて雄叫《おたけ》びを轟《とどろ》かせる。雄叫びの音圧により、大気と大地がビリビリと震撼《しんかん》した。

　俺は腰に佩《は》いた刀を抜く。

　鈍く輝く刀を一振りして、俺は肉食獣の如く笑った。

「さあ、死合《しあ》おうではないか」

返答の代わりに、オアー・ドラゴンが鱗を飛ばしてきた。一枚が騎兵盾《カイト・シールド》ほどもある、巨大な鱗が一二枚。

飛来してくる鱗に対し、俺は刀を中段に構えた。

セシリアもまた、魔剣『セイバー・レイ』を構え、俺に並び立つ。

「魔導機関車に被弾させるわけにはいかん。すべて弾くぞ」

「はい！」

俺とセシリアは地を蹴り、風となった。

武技『疾風』。

刀を振るう。鱗を弾く。

長剣が振るわれる。鱗が弾かれる。

弾く。弾く。弾く弾く弾く弾く。

呼吸を合わせ、視線を交わし、何度となく位置を入れ替えながら、俺とセシリアは剣を振るった。

傍《はた》からは、黒色《こくしょく》と金色《こんじき》が舞踏《ダンス》しているようにしか映らなかっただろう。

一秒にも満たないあいだに、俺とセシリアはすべての鱗を弾いていた。

背後で魔兵士たちが絶句する気配がする。

俺は刀を鞘《さや》に収め、ゆっくりと息を吸った。

調息で魂力を練りながら、セシリアに訊く。

「一太刀で決める。隙を作れるか？」

「もちろんです！」

頼もしい返事とともに、セシリアが飛び出した。

金色の長髪をたなびかせ、空気を切り裂いて速度に乗る。

セシリアを迎撃するため、オアー・ドラゴンが鱗を放った。

意にも介《かい》さない。

セシリアは右に左に方向転換し、速やかに滑《なめ》らかに鱗を回避していった。その様、さながら豹《ひょう》のよう。

オアー・ドラゴンがいくら鱗を放とうと、セシリアはすべて危なげなく避けきる。

鬱憤《うっぷん》が溜まったのかオアー・ドラゴンは咆哮《ほうこう》し、向かってくるセシリアを叩き潰さんとばかりに左前足を振り上げた。

オアー・ドラゴンの前足が振り下ろされる。華奢《きゃしゃ》なセシリアがまともに食らえばひとたまりもない。全身の骨を砕かれ、ぼろ切れのように裂かれるだろう。

それでも俺は動かない。

セシリアが、両腕に魂力を集めていたからだ。

俺は信じていた。

セシリアならば、やれる。

オアー・ドラゴンの一撃に合わせ、セシリアがセイバー・レイを掲げた。

オアー・ドラゴンの前足がセイバー・レイの剣身に触れる。

瞬時、セシリアが剣身を傾けた。

オアー・ドラゴンの前足がセイバー・レイの剣身を滑る。力の向きをコントロールされ、望む動きから逸らされていく。

受け流し。

セシリアは、以前の稽古で俺が見せた技術を、武技『剛』で膂力を補うことで再現したのだ。

振り下ろしの一撃をいなされ、オアー・ドラゴンが体勢を崩す。

「はぁあああああっ!!」

たたみかけるように、セシリアがセイバー・レイを閃かせた。

狙うは振り下ろされた左前足。

放つは右から左への横一閃。

セイバー・レイが、オアー・ドラゴンの左前足を切断せんとする。

硬質な音が響いた。

セシリアが瞠目《どうもく》する。

「刃が通らない!?」

オアー・ドラゴンの鱗に、セイバー・レイが弾かれたからだ。

セイバー・レイは、武装強化の魔法式が組み込まれた、鋼鉄すら容易に斬り裂く魔剣。

しかし、オアー・ドラゴンの鱗は断てなかった。鱗の硬度がセイバー・レイの切断力に勝ったのだ。

予想外の展開に、セシリアが狼狽する。

その一瞬が命取り。

オアー・ドラゴンが牙を剥《む》き、セシリアに噛みついてきた。

いかん。流石に助けに向かわねばなるまい。

即判断。

セシリアを救助するため、俺は両脚に魂力を送る。

「任せてください！」

駆け出す直前、一陣の風が俺の隣を駆け抜けていった。

ティファニーだ。

短剣型の魔剣を手にしたティファニーは、一直線にセシリアのもとを目指す。その速度は疾風のそれすらも超えていた。おそらく、ティファニーの魔剣には加速の魔法式が組み込まれているのだろう。

オアー・ドラゴンの顎《あぎと》がセシリアを食いちぎる――寸前。

「ギリギリセーフ!!」

ティファニーがセシリアを抱え、助け出した。

オアー・ドラゴンの牙が虚空《こくう》を噛み、ガキンッ、と音を立てる。確実に捉えたと思っていた獲物に逃げられたためか、オアー・ドラゴンは呆然としていた。

ティファニーが叫ぶ。

「イサムさん、いま！」

「応《おう》っ！」

俺は体を前傾させる。

一歩。刹那。肉迫。

俺はオアー・ドラゴンの目前に立っていた。

相手との距離を一瞬で殺す、俺独自の武技『縮地《しゅくち》』。

オアー・ドラゴンが目を剥く。

「許せ」

俺は刀の柄に手をかけた。

「恨みはないが、留まるわけにはいかぬのだ」

抜刀。


「秘剣の二――『一文字《いちもんじ》』」


神速一閃《しんそくいっせん》。

天地伐開《てんちばっかい》。

オアー・ドラゴンの巨体が両断された。

切断されたオアー・ドラゴンの上半身が地面に落ち、地響きを立てる。爛々と輝いていた双眸からは、光が失われていた。

辺りが静寂に支配される。

剣身に付着したオアー・ドラゴンの血を振り払い、刀を鞘に収めた。

俺は振り返り、口をあんぐりと開けて立ち尽くす魔兵士たちに、ニカッと歯を見せる。

「仕舞《しま》いだ」

静寂が歓声で塗りつぶされたのは、四秒後のことだった。

◆

オアー・ドラゴンの亡骸《なきがら》の撤去に時間がかかり、パンデムに到着する頃には日が暮れていた。

「予期せず長旅になってしまったな」

「流石に疲れました……」

いつも明るい笑みを浮かべているセシリアは、しかし、いまは疲労が滲《にじ》んだ顔をしていた。

時間がかかったうえにオアー・ドラゴンと一戦交《まじ》えているのだ。疲弊《ひへい》するのも仕方がない。

うーむ。今日はもう休ませたほうがいいだろうか？

「すみませーン！」

考えながら駅を出ると、駅前にいたひとりの青年が声をかけてきた。

年の頃はおそらく二〇代後半。

赤い短髪と、オレンジのつり目。顔立ちは精悍《せいかん》。

中肉長身の体にまとうのは、青を基調としたブレザーとスラックス。

腰には、魔銃が収められたホルスターが下げられている。

「イサムさん、セシリア＝デュラムさん、ティファニー＝レーヴェンさんで合ってるッスカ？」

「む？　そうだが」

俺の返事を聞き、青年はピシッと背筋を伸ばし、敬礼した。

「お待ちしてたッス！　自分、ピースメーカーの団長を務めてるウォルス＝ダグレストって言います！」

「ピースメーカー……ティファニーが合同捜査を依頼した、パンデムの自警団か」

確認すると、ウォルスは「はい！」と活力に満ちた返事をする。

「なかなか到着されないので、こちらから出向いてみたんスけど……」

「かたじけない。向かう途中、オアー・ドラゴンに遭遇《そうぐう》してな」

「オアー・ドラゴン!?　大丈夫だったんスカ!?」

ウォルスが目を剥いた。

仰天《ぎょうてん》するウォルスに、「ああ」と返す。

「討伐はしたのだが、いかんせん亡骸をどかすのに時間がかかってしまった。待たせてすまな

い」

「いえいえいえ！　ご無事でなによりッス！」

危険度Sクラスのモンスターと遭遇していたとは思いもしなかったらしい。ウォルスの顔は冷や汗まみれだった。

「そういうことでしたら、今日はお休みになりますカ？　流石にお疲れでしょうシ」

ウォルスが気遣う。

ちょうど、セシリアとティファニーの疲労が気にかかっていたところだ。ウォルスの申し出はありがたい。

「うむ。セシリアとティファニーは疲れているだろうし――」

俺が言いかけたとき、セシリアとティファニーが首を横に振った。

「わたしは平気です！」

「わたしも話をするだけなら大丈夫ですよ。イサムさんの足を引っぱるわけにはいかないですしね」

ふたりとも、俺が思う以上に強いらしい。自分の疲労より使命の遂行を優先したようだ。

そこまで言うなら気遣いは無用。むしろ、失礼にあたるだろうな。

笑みをこぼし、俺はウォルスに頼んだ。

「打ち合わせをしておきたいのだが、構わぬか？」

「もちろんッス！」

ウォルスはニカッと笑い返した。

「じゃあ、ピースメーカーの本部《う ち》に案内しますネ！」


ピースメーカーの本部は、パンデムの北部にある四階建てのビルだった。ウォルスの案内で俺たちは二階にある会議室に通される。

出されたお茶で一服《いっぷく》したのち、俺は事情説明をはじめた。

「俺たちの目的は、顕魔兵装という兵器の破壊だ。ティファニーから聞いたが、お前たちは『ある犯罪組織が謎の兵器を入手した』との情報を持っているそうだな」

「『謎の兵器』が顕魔兵装かもしれないってわけッスネ？　ところで、その顕魔兵装ってなんスカ？」

「魔族核を用いた兵器だ」

「ハァ!?」

ウォルスが愕然《がくぜん》とする。

「なんでまた、そんな物騒《ぶっそう》な代物が……」

「魔族の血を継ぐ者たち――『魔の血統』の企《たくら》みで製造されたのだ。大方《おおかた》、人間に復讐するための手段なのだろう」

ウォルスは言葉を失い、あんぐりと大口を開けた。

仕方ないだろう。魔王の討伐により、魔族は姿を消したと考えられていたのだ。まさか、人間と交わり子孫を残していたなど、思いも寄らなかったのだろうからな。

ウォルスが目元を覆い、深く深く溜息をつく。

「想像以上に大事《おおごと》ッスネ」

「ああ。『魔の血統』の暴挙はなんとしても阻止《そし》せねばならない。協力してくれるか？」

「もちろんッス」

ウォルスが神妙《しんみょう》な顔つきで頷いた。

「助かる」と礼を告げ、俺はウォルスと握手する。

協力を約束し合ってから、ウォルスが情報を提供しはじめた。

「顕魔兵装と思われる兵器を入手したのは『ヘルブレア』。長年パンデムに巣くっている犯罪組織ッス」

ヘルブレアとは、

「『高貴なる者の務め《ノブレス・オブリージュ》』によって地位を奪われた、貴族が結成したものらしいッス。当然、構成員には元貴族が多いので、メンバーの力量はかなりのものッス」

「魔法の才は遺伝によるものが大きい。才ある者を配偶者《はいぐうしゃ》に選んできた貴族には、実力者が多いからな」

言いながら、俺は複雑な気分になっていた。

『高貴なる者の務め』は、『賢者』フィーアが貴族の腐敗を打破《だは》すべく設けた、『社会に貢献した者・家系に、貴族位の授与・地位の昇格を行い、長く貢献していない貴族に、貴族位の剥奪《はくだつ》・地位の降格を行う』制度だ。

実際、この制度は効果的で、現代社会は二〇〇年前とは比べものにならないほど発展した。

だが、完璧な制度など、この世にはない。どんなに素晴らしく見えようと、必ず穴があるものだ。

フィーアが設けた制度も例外ではない。元貴族がヘルブレアを結成したのは、地位を剥奪されたことに対する反発だろう。なんともやるせないものだ。

だが、感傷《かんしょう》に浸っている暇はない。いますべきことは、顕魔兵装の速やかな破壊だ。

気持ちを切り替え、俺は話を続けた。

「骨が折れそうな相手だな」

「ええ。しかも、ヘルブレアの本拠地は見つかってないんス。パンデムの権力者のなかに、ヘルブレアと密通している者たちがいるみたいッスから、そのためでしょうネ」

「権力者が後ろ盾になっているわけか」

ウォルスが渋い顔で首肯する。

厄介な組織に顕魔兵装が渡ってしまったな。まったくもって面倒なことだ。

俺は嘆息した。

「なにはともあれ、ヘルブレアの本拠地を見つけねば話にならん。まずはそこからだ」

「ええ。いい加減、自分たちもヘルブレアの横暴《おうぼう》は見過ごせませんからラ」

方針は決まった。とはいえ、夜がすぐそこまで来ている。

明日、ヘルブレアの本拠地を突き止めるための作戦を練ることにして、俺たちはピースメーカーをあとにした。


ピースメーカーの本部を出たあと、俺とセシリアはパンデムの繁華街を歩いていた。

ふたりきりなのは、

「わたしはホテルの確保とスキール様への報告をしてきますんで、イサムさんとセシリアちゃんは、美味しいご飯を出してくれそうなお店、見つけておいてくださいね！」

と言って、ティファニーが走り去ってしまったからだ。

そんなわけで、俺とセシリアは夕餉《ゆうげ》に用いる店を探し、繁華街を訪れた次第だ。

セシリアに歩調を合わせつつ、俺は腕組みする。

「ティファニーが、ことあるごとに俺とセシリアをふたりきりにしたがるのは、なぜだろうか？」

「ド、ドウシテデショウネー？」

セシリアがスッと視線を逸らした。言葉が棒読みな理由はわからない。

「まあ、セシリアといるのは楽しいから構わぬのだが」

「ほ、本当ですか？」

「嘘を言ってどうする」

目を丸くするセシリアに俺は微笑みかけた。

セシリアは俺から顔を隠すようにうつむく。

ちらりと見えたセシリアの口元は、緩んでいるようだった。

「わ、わたしも、イサム様と一緒にいると、楽しいです」

セシリアが嬉しそうにしていると、不思議と胸が温かくなるな。

心地よさに満たされながら、なおも繁華街を行く。

激しい音が背後から聞こえたのは、そのときだ。

振り返ると、飲食店と思われる店の、窓ガラスが割り砕かれ、ひとりの男が路地に放り出されていた。

突然の出来事に辺りは騒然となる。

悲鳴を上げる者。慌てて立ち去る者。放り出された男を心配して近寄る者。ただ呆然と立ち尽くす者。

人々が様々な反応を見せるなか、飲食店のドアが内側から蹴破られた。

「見世物じゃねぇゾ、オラァ！」

「野次馬は消えロ！」

ドアから出てきたのは、いかにも柄《がら》の悪そうなふたりの男だ。

悪人然とした男たちは、周囲の人々を睨み付ける。男たちに睨まれた者は、関わるなどまっぴらごめんというように、視線を逸らした。

路地に放り出された男に、柄の悪いふたりの男がにじり寄る。

「さっきから言ってんだロォ？　俺らがあんたの店を守ってやるってテ」

「出店するなら、俺らに話を通してもらわねぇとナァ？」

どうやら放り出された男は店主で、柄の悪い男たちは彼を暴行していたらしい。

ふたりの男の言動から察するに、その原因は――

「みかじめ料の取り立てか」

みかじめ料とは、反社会勢力が、飲食店や小売店に要求する場所代や用心棒代のことだ。

だが実際は、場所代・用心棒代とは建前に過ぎず、暴力を示唆《しさ》して金銭を取り立てる違法行為。つまりは恐喝《きょうかつ》にほかならない。

悪人の性根《しょうね》は二〇〇年経っても変わらんな。救いようのない痴《し》れ者だ。見るに堪えん。

はらわたが煮えくり返り、俺は刀の柄に手をかけた。

セシリアも憤《いきどお》っているようで、眉を上げながら俺に目配せする。

「イサム様」

「ああ。放っておけんな」

俺たちは頷き合い、店主を助けに向かう。

と――

「やめなさい！」

俺たちが店主に駆け寄るより早く、人だかりのなかからひとりの少女が飛び出し、男たちの前に立ちはだかった。

一〇代半《なか》ばと思しき見た目。体つきは華奢で小柄。

艶やかなセミショートは月明かりで染めたような銀色。

ライトベージュの肌は桃の果実のように瑞々《みずみず》しい。

瞳はヘマタイトのごとき灰色で、眉尻は下がっている。

少女はモノトーンカラーのワンピースを身につけ、魔銃のホルスターが下げられたベルトを腰に巻いていた。

両腕を広げて店主を庇《かば》う少女に、ふたりの男は醜悪《しゅうあく》な笑みを見せる。

「邪魔しちゃいけないゼェ、お嬢ちゃん？　お兄さんたちは大切なお仕事をしてんだヨ」

「お嬢ちゃんはとっととお家《うち》に帰んナ？」

「大切なお仕事？　冗談はよして」

「「アァ？」」

男たちの猫なで声が、ドスの利いた声に変わった。

眼《ガン》を付けてくる男たちに怯《ひる》むことなく、少女は凛《りん》とした目で睨み返す。

「あなたたちがしているのはただの恐喝。善良な市民から無理矢理お金を奪って、恥ずかしいとは思わないの？」

「……俺たちの優しさがわかんねぇようだナァ、クソガキ」

「もう一度だけチャンスをやるヨ——痛い目みたくなかったらそこをどケ」

少女は決然と言った。

「どかない」

「ああ、そうかヨ」

「忠告はしたゼ？」

直後、男たちの双眸に狂気が宿る。

腰に佩いた魔剣を男たちが抜いた。

少女が瞠目する。周囲の人々が悲鳴を上げる。

男たちが魔剣を振りかぶった。

「殺しはしねぇヨ！」

「消えねぇ傷はできるだろうがナァ！」

少女が「くっ！」と呻《うめ》き、腰の魔銃に手を伸ばす。

間に合わない。

少女が魔銃を構えるより早く、男たちの凶刃《きょうじん》が襲いかかった。

「セシリア！」

「はい！」

以心伝心《いしんでんしん》。

俺が呼びかけたとき、セシリアはすでに駆けだしていた。

金色《こんじき》の風が征《ゆ》く。

金色の風が吹く。

斬音。

男たちの魔剣が振り下ろされた。

しかし。

二振りの魔剣は、半ばから斬り落とされていた。

「「………ハ？」」

男たちが間の抜けた声を漏らす。

なにが起きたのかわからないと言いたげに、男たちはセシリアに切断された魔剣を呆けたように眺めていた。

「俺からもチャンスをやろう」

少女と男たちのあいだに瞬時に割り込んだ俺は、放心状態の男たちに刀の切っ先を突きつける。

男たちが視線を上げ、化生《けしょう》を目《ま》の当たりにしたかのように顔を青ざめさせた。

なんの前触れもなく、目前に俺が現れたからだろう。

己に向けられた眼差しが、永久凍土より冷たく、槍の穂先《ほさき》より鋭かったからだろう。

「いますぐ立ち去り二度と現れるな。二度と暴行を働くな。さすれば許してやろう」

俺は憤りを叩きつける。

「さもなくば、斬る」

「ヒ……ッ!!」

「ヒィッ!!」

男たちの手から、破壊された魔剣がこぼれ落ちる。魔剣の残骸が地面に落ち、カラン、と乾いた音を立てた。

必死の形相《ぎょうそう》で男たちが逃げ出した。まるで死神に追われているかのごとく。神仏に助けを請《こ》うかのごとく。

男たちの願いは叶わなかった。

「確保――――っ!!」

男たちが逃げていく方向から、魔導兵装を装備した集団がやってきたからだ。

いずれも白い服をまとったその集団は、瞬く間に男たちを捕らえ、地面にねじ伏せる。

ねじ伏せられた男たちは、いまだに俺への恐怖が拭《ぬぐ》えないらしく、抵抗もできずにガチガチと歯を鳴らしていた。

「この白服の者たちは警察だろうか？」

「三つある自警団のひとつかもしれませんよ？」

男たちを無力化した俺とセシリアは、捕り物劇を眺めて目を瞬かせる。

白服の集団は男たちに手錠《てじょう》を嵌《は》め、連行していった。

白服集団のひとり、この場に残った三〇過ぎと思しき男性が、男たちに立ち向かった少女に駆け寄る。

「ご無事ですカ、お嬢！」

「お、お嬢っていうの、やめて」

「それはできませン！　自分、団長にドヤされたくありませんのデ！」

「……あたしのお父さん、そういうとこはどうしようもない」

「同意しかねまス！　自分、ドヤされたくありませんのデ！」

少女が溜息をついて、白服の男が苦笑した。

男たちに襲われていた店主を少女が助け起こすなか、白服の男が俺たちに敬礼する。

「善良な市民を助けていただき、お嬢を庇っていただき、ホワイトガードの一員として感謝いたしまス！」

セシリアの予想通り、白服の集団は、パンデムにある三つの自警団のひとつ『ホワイトガード』だったらしい。騒動のなか、誰かが通報してくれたのだろう。

「あたしからも、お礼。助けてくれてありがとう」

店主を助け起こした少女がペコリと頭を下げる。

「構わぬ。きみのような勇気ある者を放ってはおけぬ性分《しょうぶん》なのでな」

「同感でス！　お嬢は勇気ある方でス！」

俺に共感するように、ホワイトガードの男が瞳を輝かせた。

「なにしろお嬢は、我らが団長『ギース＝アドナイ』のご息女にして、『白騎士』アレックス＝アドナイ様を先祖に持つ方なのですかラ！」

俺とセシリアは目を見張る。

この少女が、アレックスの子孫？

俺たちが驚くなか、「も、もう！」とホワイトガードの男に頬を膨らませてから、少女が控えめな笑顔を浮かべた。

「あたしの名前、エミィ＝アドナイ。よかったら、あなたたちにお返しがしたい」

友の子孫と子孫の事情

「――それで、その子を助けたら家に招かれたと」

「うむ」

夜。パンデム北東部にあるホテルのロビーにて、俺はティファニーに繁華街での出来事を伝えていた。

飲食店の店主が暴行にあっていたこと。

店主を庇うため、エミィが暴漢《ぼうかん》たちに立ち向かったこと。

暴漢たちがエミィに危害を加えようとしたので、俺とセシリアが助けたこと。

エミィがアドナイ家の者だったこと。

そして、助けられたエミィが、お返しとして俺たちを家に招待したこと。

「エミィは俺とセシリアを一晩泊めてくれるそうだ。部屋を取ってくれたティファニーには悪いが、俺たちはエミィに甘えたい」

「構いませんよ」

勝手を言う俺に、それでもティファニーは気分を害さず、和やかな表情をしていた。

「エミィちゃんは『白騎士』アレックス様の子孫。イサムさんは、かつての仲間のご子孫と過ごしたいんですよね？」

「ああ」

頷くと、ティファニーが目を細めた。

「だったら、わたしはイサムさんの気持ちを優先します。キャンセルするのは流石に申し訳ないんで、わたしはホテルに泊まりますね」

「かたじけない」

「いえいえ、お気遣いなくー」

俺が礼を言うと、ティファニーは手をヒラヒラと振る。

ティファニーに別れの挨拶をして、セシリア・エミィと合流するため、俺はホテルをあとにした。


セシリア・エミィと合流し、俺たちはパンデムの西にある住宅地を歩いていた。

「もうすぐ着くよ」

先を行くエミィの知らせに、いやが上にも期待が高まる。

エミィの両親もまたアレックスの子孫。友の子孫に会えるのは、やはり楽しみだ。

ただ、気になることがひとつあった。

周りの建物が民家ばかりなのだ。

魔王討伐の報奨《ほうしょう》として、勇者パーティー（俺を除く）には貴族位が与えられた。だとしたら、デュラム家と同様、アドナイ家も高級住宅街にあるものではないだろうか？

セシリアも俺と同じく不思議に感じているらしく、首を傾げている。

エミィが足を止めた。

「ここがあたしの家」

「ここが……」

「ですか？」

俺とセシリアはポカンとした。

三角屋根を持つ二階建て。周囲に溶け込むような一軒家。

エミィが示した自宅が、どう見ても民家だったからだ。

「アドナイ家は貴族位を得たはずではなかったか？」

困惑のあまり尋ねると、エミィは自嘲《じちょう》するように苦笑した。

「貴族位は、一〇〇年前に剥奪された。いまのアドナイ家は平民なの」

俺とセシリアは言葉を失った。


「兄《あん》ちゃんも嬢ちゃんもドンドン食ってくれよ！」

「おかわりもあるわよ～」

アドナイ家のダイニング。

俺とセシリアの対面の席についている男が豪快《ごうかい》に笑い、キッチンから顔を覗かせた女性がのほほんとした口調で言った。

男の名はギース。女性の名はアン。ふたりはエミィの両親だ。

ギースは二メートル近い大男で筋骨隆々《きんこつりゅうりゅう》。角張った顔立ちに口ひげを生やし、瞳は紺色。銀の髪は刈《か》り上げにしている。

アンは中肉中背。ライトブラウンのボブカットに灰色の瞳。柔和な顔立ちからは、優しげな雰囲気がにじみ出ている。

エミィから事情を聞いたギースとアンは、俺とセシリアを快く迎え入れ、夕餉を馳走《ちそう》してくれた。

テーブルに並ぶのは、鶏肉のシチュー、色とりどりの野菜を用いたサラダ、ライ麦パン。決して豪勢《ごうせい》とは言えないが、素朴《そぼく》で温かい味わいだった。

「あんたたちにはいくら礼を言っても言い足りねぇよ！　エミィを助けてくれて、本当にありがとうな！」

「構わぬ。エミィのように優しく勇敢な子を見捨てては、寝覚めが悪いのでな」

「嬉しいこと言ってくれるじゃねぇか！」

ギースが、ニッ、と人好きのする笑みを浮かべる。

「兄ちゃんの言うとおり、うちのエミィはちっこいけど肝《きも》っ玉《たま》がデカくてよぉ！　自慢の娘なんだよ！」

「将来はホワイトガードの団員になるって言って、毎日努力しているのよ〜。親孝行《おやこうこう》な子でしょ〜？」

「お、お父さんもお母さんもやめて。恥ずかしい」

娘自慢をはじめた両親を、エミィが赤い顔で止める。

エミィに訴えられたギースとアンは、それでも娘自慢をやめない。アルバムまで持ち出して、娘の素晴らしさを俺たちに伝えてくる。

エミィはしばらく抵抗していたが、どれだけ言っても無駄だと悟ったのか黙り込み、身を縮めてプルプル震えていた。

ギースもアンも一人娘《エミィ》を大切に思っているようだ。行き過ぎな感はあるがな。

微笑ましい思いでギースとアンの娘自慢を聞きながら、俺は同時に一抹《いちまつ》の寂しさを覚えていた。

ギースもアンもエミィも、俺が『剣聖』であると、勇者パーティーの一員であると、アレックスの友人であると、知らないようだからだ。

エミィたちはアドナイ家でも分家筋《すじ》らしいので、そのためかもしれない。ホークヴァン分家の生まれであるケニーも、俺のことを知らなかったからな。

「ところで、兄ちゃんと嬢ちゃんはどうしてパンデムに来たんだ？」

エミィの顔色が茹《ゆ》で蛸《だこ》のようになった頃、ひとしきり娘自慢をして満足したギースが、俺たちに訊いてきた。

顕魔兵装や『魔の血統』のことは明かせないので、俺は言葉を選んで答える。

「スキール＝ホークヴァンを知っているか？」

「ああ。ホークヴァン魔導学校の校長だろ？」

「そのスキールの頼みで捜し物をしているのだ。スキール曰《いわ》く、パンデムに危険物が持ち込まれたらしい」

「面倒事の臭いがするな」

ギースが険しい顔つきになる。

「うむ」と頷き、俺は続けた。

「どうやら危険物はヘルブレアの手に渡ったそうでな。俺とセシリアはピースメーカーと協力して、ヘルブレアの本拠地を探そうと考えている」

「なるほどなぁ。それなら朗報があるぜ」

俺の話を聞いたギースが、ニヤッと口端を上げる。

「兄ちゃんたちが懲《こ》らしめたふたりの暴漢。あいつら、ヘルブレアの構成員らしい」

「む！　まことか!?」

「つっても下っ端《ぱ》みたいだけどな。それでも、問い詰めれば本拠地の手がかりくらいは吐くかもしれねぇぜ？」

勿怪《もっけ》の幸いだ。

まさか、あの不届き者どもがヘルブレアの構成員だったとは。

まさか、こんな展開で手がかりにありつけるとは、思いもしなかった。

ギースが自分の胸に拳を当てる。

「ホワイトガード《おれたち》は罪なき人々の盾。悪党どもから市民を守るのが使命だ。ピースメーカーが協力してるってのに、俺たちが黙ってるなんてできねぇ」

「ホワイトガード《おまえたち》も協力してくれるのか？」

「あたぼうよ！　ひとまず、引っ捕らえた下っ端どもの尋問からだな」

「心強い。感謝するぞ、ギース」

「いいってことよ！　兄ちゃんたちは、可愛いエミィを助けてくれた恩人だからな！」

ギースが破顔《はがん》した。

俺は温かい気持ちになる。

『俺たちは罪なき人々の盾』か――俺を知らずとも、ギースはやはりアレックスの子孫だな。友の子孫は、友の信条をしかと受け継いでいるようだ。

感じ入っていると、ビールが注がれたジョッキをギースが手にし、傾ける。

「かぁ――っ!!」といかにも美味《うま》そうに一気飲みして、ギースが俺に勧めてきた。

「兄ちゃんもどうだ？　美味《うめ》ぇぞ？　ま、恩人にはもっと上等な酒を振る舞うべきなんだろうけどな！　用意できなくて悪《わり》ぃ！」

「蓄《たくわ》えがなくてなぁ！」と、ギースが自虐《じぎゃく》を肴《さかな》にして笑う。

大笑《たいしょう》するギースを眺めつつ、俺はエミィの言葉を思い出した。

――貴族位は、一〇〇年前に剥奪された。いまのアドナイ家は平民なの。

『高貴なる者の務め』が設けられた現代では、社会に貢献しない貴族は許されない。位《くらい》が下げられ、剥奪される場合もある。

実際、デュラム家は上級貴族から下級貴族に格下げされている。勇者パーティーの一員といえど例外ではないのだ。

アドナイ家もデュラム家と同じく、社会に貢献できなかったのか？　だから、貴族位を剥奪されたのか？

どうしても気になり、俺はギースに尋ねた。

「つかぬことを訊くが、なぜアドナイ家は貴族位を剥奪されたのだ？」

動揺したように、アンとエミィの肩がピクリと動く。

それまで快活に笑っていたギースが、気まずそうに表情を曇らせた。

「あー……悪ぃな。詳しいことは俺たちにもわからねぇんだ」

「そうか……俺のほうこそすまぬ。不躾《ぶしつけ》なことを訊いた」

「いや、気にするこたぁねぇよ」

「がははは！」とギースが笑い飛ばす。

どことなく、空《から》笑いのように映った。

夕餉を終え、風呂に入り、俺とセシリアは客間のベッドで横になっていた。

明かりの消えた室内。別段なにもない天井を、俺はぼんやりと眺める。

「――ショックだったんですか？　アドナイ家から貴族位が剥奪されたと知って」

俺が落ち込んでいると思ったのか、隣にいるセシリアが、遠慮がちに尋ねてきた。

「ああ。正直、堪えた」

俺は打ち明ける。

「貴族だから良いとは言わぬ。平民だから悪いとは言わぬ。ただ、勇者パーティーの貴族位は魔王討伐の報奨だ。それが剥奪されたのが、アレックスの功績を否定されたように思えて、忘れられたように思えて、やるせなかった」

『高貴なる者の務め』は平等にして公平。贔屓《ひいき》も仮借《かしゃく》もしない。高い地位にはそれに見合った功績が求められる。

貴族位が剥奪されたということは、アドナイ家が社会に貢献できなかったということ。地位にあぐらをかいていたということだ。

ならば致し方なし。自業自得。当然の帰結。

だが、理屈でわかっていても、心が受け入れてくれないのだ。

文字通り、体を張って勇者パーティー《おれたち》を守ってくれたあの男を。

むごたらしいほどの大怪我を負っても、屈することなく支え続けてくれたあの男を。

どんなに強大な敵にも臆することなく立ち向かっていった、あの男を知っているからこそ。

俺は、アドナイ家から貴族位が剥奪されたことが、どうしようもなくやるせない。

「わたしは忘れません」

傷心していると、俺の手に温もりが触れた。

絹のような滑らかさ。羽毛のような柔らかさ。

セシリアの手が、俺の手を包み込んだ。

「セシリア？」

「たしかに、アドナイ家から貴族位は剥奪されてしまいました。アレックス様の功績も、いずれ忘れられていくのかもしれません」

けれど、

「わたしは忘れません。アレックス様の功績も、ロラン様の功績も、マリー様の功績も、フィーア様の功績も、リト様の功績も、もちろん、イサム様の功績も」

優しい温もりが、繋いだ手から染み渡ってくる。

「勇者パーティーの皆さんが、命懸けで今日《こんにち》の平和を築いてくれたことを、わたしは一生忘れません。わたしの一生が終わろうと、子どもたちに語り継がせていきます」

エメラルドの瞳が、ひたむきに俺を見つめていた。

胸中《きようちゆう》の靄《もや》が、セシリアの優しさに照らされ、消えていく。

溶かされるように、解かされるように、俺は微笑した。

「きみはいつでも俺を救ってくれるな」

「いつも救ってくださるお返しですよ」

セシリアがふわりと微笑み返す。

しみじみと思った。

心から案じてくれる者が側にいる。

拠り所になってくれる者が側にいる。

それはなんと恵まれたことだろうか。

俺はなんと恵まれた者だろうか。

「ありがとう、セシリア」

俺はセシリアの手を握った。

セシリアもまた、俺の手を握り返してくる。

「温かいな」

「そうですね。温かいです」

やるせなさは、もうなかった。

翌朝。パンデムの外れにある草原に、俺とセシリアは来ていた。

もちろん、鍛錬のためだ。

「セイバー・レイの切れ味は素晴らしい。が、限界がある」

「オアー・ドラゴンの鱗には歯が立ちませんでしたしね」

パンデムへ向かう途中で、俺たちはオアー・ドラゴンに遭遇した。セシリアはオアー・ドラゴンの脚を切断しようとしたが、最硬と称される鱗に阻《はば》まれてしまった。

あのときのことを思い出したのか、セシリアがシュンとする。

「ならばこそ、さらなる切れ味を求めるべきだろう」

セシリアを励ますために頭をポンポンと撫でながら、俺は鍛錬の内容を告げた。

「今日から『錬《れん》』の修得に入る」

魂力を武具にまとわせ、威力・耐久力を上げる武技『錬』。錬を修得すれば、オアー・ドラゴンの鱗さえ軽々と断てるようになるだろう。

「セシリアはすでに四つの武技を修めている。魂力の扱いには慣れているだろう。武技にまとわせることもできるはずだ」

「はい！　やってみます！」

元気を取り戻したセシリアがギュッと拳を握り、木剣を構えた。

セシリアが瞼を閉じ、ゆっくりと呼吸する。セシリアの体から魂力が溢れ出し、木剣へ移動していった。

やはりセシリアのセンスは驚異的だ。魂力を手足のように扱っている。まったくもって末恐ろしい。

俺が感心するなか、セシリアの構える木剣が魂力をまとった。

「できました！」

「うむ。では、俺の木刀を断ってみよ」

俺は木刀を中段に構える。

「この木刀には俺の魂力が流し込まれ、鉄と同等の強度になっている。セシリアの錬が成功していれば、その木剣でも断てるはずだ」

「はい！」

セシリアがキリリと眉を上げ、木刀を見据えた。

ふっ、と鋭く息を吐くとともに、セシリアが木剣を振り上げる。

「はぁあああああっ!!」

力強い踏み込み。

裂帛の気合。

セシリアが袈裟斬りを放った。

木剣が木刀を打ち据える。

草原に炸裂《さくれつ》音が響いた。

剣戟の木霊《こだま》が収まる。

木刀には傷ひとつついてなかった。

セシリアが肩を落とす。

「失敗ですか……」

「失敗ではあるが、魂力は十分にまとわせられている。足りないのはイメージだな」

「イメージ？」

首を傾げるセシリアに、俺は問題を出すように指を立てる。

「錬は武具を強化する武技。剣を強化するとなると、なにが求められる？」

セシリアが黙考し、答えた。

「切断力です」

「正解だ。となれば、切断力が上がるようなイメージをすればいい。具体的には、魂力によって刃が研ぎ澄まされる様を思い浮かべるのだ」

「やってみます！」

俺のアドバイスを受け、セシリアが再び瞼を閉じる。

そんな俺たちの様子を眺める者が、ひとりいた。

エミィだ。

「イサムさん、本当に過去から来たんだ」

エミィが目を丸くする。

エミィには、俺が過去から飛ばされてきたこと、俺が勇者パーティーの一員であったことを知らせてある。

半信半疑だったようだが、失われた戦闘術である武技を用いたこと、武技をセシリアに教授していることで、俺の話が真実だと悟ったようだ。

「えっと……イサム様って呼んだほうが……あ、お呼びしたほうが、いい？　……ですか？」

慌てて敬語を使おうとするエミィに、俺は思わず吹き出す。

「かしこまらずともいい。無理をさせるのは心苦しいのでな」

敬語が苦手らしいエミィはパチクリと瞬きをして――

「ありがとう」

安堵の息をつき、頬を緩めた。


何度も繰り返すうちに、セシリアの錬は着実に上達していった。

「せぁあああああっ!!」

八回目の挑戦で、セシリアの木剣が、俺の木刀に裂傷《れっしょう》を刻んだ。

俺は目を見張る。

「いまのはよかった。イメージが固まってきたようだな」

「はい。コツがつかめたかもです」

額の汗を拭い、セシリアが笑みを見せた。

弟子《でし》の成長が嬉しくて、俺の口元も自然とほころぶ。

「セシリアさんは、スゴいね」

エミィがふと呟いた。

エミィは尊敬と羨望《せんぼう》が入り交じった目をしている。

「頑張ってるし、成果も出してる。ちょっと羨ましい」

エミィの眼差しと言葉で、俺は思い起こした。

エミィはホワイトガードの団員を目指し、日々努力しているらしい。

だからこそ羨ましいのだ。目に見えるほどの速度で成長するセシリアが。

「ふむ」と思案して、俺は口を開いた。

「エミィもやってみるか？　アレックスの子孫なら、武技に適性があるやもしれぬ」

アレックスも俺と同じく武技の達人だった。あいつの血を継いでいるなら、エミィに武技の才があってもおかしくない。

提案するも、エミィは首を横に振る。

「あたしには無理だと思う。アドナイ家の者は身体能力に優れてるけど、あたしは全然。あたし、アレックス様から、なにも受け継いでないの」

エミィが自嘲するように苦笑した。

アレックスの身体能力は馬鹿げていた。自分の四倍以上巨大なゴーレムを、素手で叩きのめしたこともある。

アレックスの子孫にも――アドナイ家の者にも、その才は受け継がれていたらしい。思えば、ギースも筋骨隆々だったからな。

だがエミィは、ギースと打って変わって小柄で華奢。筋肉がついているようにも見えない。エミィ自身が言っているように、高い身体能力は受け継がれなかったようだ。

しかし、武技の才が継がれていないとは限らん。

俺は目に魂力を集めて『審眼《しんがん》』を用い、エミィの魂力量を確かめる。

しばらく観察して、「うーむ」と腕組みした。

「魂力量は常人以下。武技の適性は低いとしか言えぬ」

「でしょ？　あたしには、才能がない」

「だが、魔力量は桁外《けたはず》れだ。スキールに匹敵《ひってき》するやもしれぬ。魔力量を活かせば、相当な実力者になれるだろう」

自虐するエミィに、審眼で得た情報とともに、俺は助言を送る。

俺の助言を耳にしたエミィは、どういうわけかビクリと肩を跳ねさせた。

「どうした？」

「な、なんでもない！　それより、あたしもセシリアさんの鍛錬、手伝うよ」

取り繕《つくろ》うように、エミィが笑みを作る。

露骨に話題を逸らされて、俺は首を傾げた。

なぜエミィは動揺したのだろうか？　気にはなるが……話題を逸らしたということは、触れてほしくないということだ。追求するのはやめたほうがいいだろう。

そう判断して、俺はセシリアの稽古を再開した。


鍛錬を終えてアドナイ家に戻ってきた俺とセシリアは、汗を流したのち、アンが用意してくれた朝食をとった。

献立は、ライ麦のトースト、ハムエッグにサラダ。

昨夜の夕食と同様、素朴でホッとする味わいだった。どことなく、セシリアの先祖にして俺の幼なじみでもある、『聖女』マリーの手料理を思い起こさせた。

「〜〜♪」

朝食後、ダイニングから客間に向かうなか、ともに廊下を歩いていたエミィが鼻歌を奏でだした。

「機嫌がよさそうだな、エミィ」

「うん。今日、このあと、映画館に行くから」

「映画館？」

聞き慣れない名称に、俺は眉をひそめる。

「魔導社会になったことで生まれた娯楽施設ですよ、イサム様」

説明してくれたのはセシリアだ。

「映画館では、映像と音声による劇——映画が観られるんです」

「つまりは劇場か？」

「少し違いますね。映画は演劇と違い、演者さんが登場しないんです。事前に準備された劇が、映像・音声として再現される、とたとえればいいでしょうか？」

「そのようなことが可能なのか！」

「はい。なんでも映画館には、『再現』の魔法式が内蔵された魔石が組み込まれていて、『記録』の効果を持つ魔導具『メモリーフィルム』の内容を再現することで実現させているらしいです」

「にわかには想像がつかぬな……現代の技術には感服するばかりだ」

目を見張り、俺は感嘆の息をつく。

そんな俺の様子に、エミィがクスクスと笑みを漏らした。

「本当に映画はすごいよ。メモリーフィルムに記録する際に——撮影する際に、魔導具を用いて効果音や演出を加えるから、劇よりも迫力が出るの」

「エミィは映画が好きなのだな」

「うん！」

エミィがはつらつとした笑みで頷く。

「特に、今日の映画は『首輪物語』っていう大ヒット小説を原作にしたものだから、いまからワクワクしてる」

「『首輪物語』が映画化されているんですか⁉」

エミィの説明にセシリアが食いついた。

「セシリアさん、『首輪物語』、知ってるの？」

「はい！　とっても面白いですよね！」

セシリアが満面の笑みで首肯《しゅこう》すると、エミィの瞳がキラキラと輝く。

「うん！　冒険譚のなかでも傑作だよね！」

「ですね！　アクションシーンが秀逸ですけど、ロマンスのほうもしっかりと描かれていて」

「そう！　そうなの！」

おとなしいエミィにしては、珍しく興奮した様子だ。自分の好きなものを語り合えることが嬉しくてしかたないらしい。

エミィとセシリアが楽しそうに語り合う姿を、俺は微笑ましい気持ちで眺める。

その折り、なにかに気づいたように、不意にエミィが目をパチクリとさせた。

「セシリアさん、髪留め、どうしたの？」

「髪留めですか？」

指摘されたセシリアが頭に手をやって――表情を一変させる。

「な、なくなってる!?」

俺も気づいた。

パンデムに来る途中に立ち寄ったジェインで、俺がセシリアにプレゼントした髪留め。それがなくなっていたのだ。

「ど、どうして……どこで……？」

セシリアの顔からは血の気が引き、真っ青になっている。よほどショックなのだろう。

『またプレゼントするから問題ない』と慰めることはできるが……その言葉は正解ではないだろう。このうろたえようから察するに、セシリアはあの髪飾りをいたく気に入っているようだからな。

ならば、俺がかけるべき言葉は――

短い思案ののち、俺はセシリアの両肩にそっと手を置いた。

ビクリと震えるセシリアを宥《なだ》めるよう、穏やかに俺は言う。

「落ち着け、セシリア。深呼吸するといい」

「は、はい」

俺の指示に従い、セシリアが深く息を吸い、ゆっくりと吐いた。深呼吸の効果で、青ざめていたセシリアの顔に血色が戻ってくる。

セシリアの目を見つめ、俺は説く。

「焦り、慌てようと、事態は改善せぬ」

セシリアがハッとした。

俺は続ける。

「探そう、セシリア。俺も手伝う」

「は、はい！」

自分がすべきことを悟ったセシリアが力強く頷いた。

俺も頷き返し、髪飾りを探すべく踵を返す。

「あたしも、手伝う」

そのとき、エミィが声を上げた。

振り返ると、エミィは眉を立てた真剣そうな表情をしている。

セシリアが目を丸くした。

「け、けど、エミィさんには映画を観る予定が……」

「いいの」

悲痛そうに眉根を寄せるセシリアに、エミィはゆるゆると穏やかに首を振ってみせる。

「セシリアさんを放って映画を観にいっても、きっと楽しむことなんてできないから」

「エミィさん……」

なおも申し訳なさそうにしているセシリアに、エミィは包み込むような微笑みを見せた。

「さあ、一緒に探そう？」

二時間後。


「あった！　ありました！」

セシリアがなくした髪留めは、俺たちが今朝、鍛錬をしていた草原で見つかった。どうやら鍛錬中、激しい運動によって外れてしまったようだ。

見つけた髪留めを、二度と離すまいとばかりに、セシリアが両手で包み込む。セシリアの目尻には光るものがあった。

「よかったね、セシリアさん」

セシリアの様子に口元を緩め、エミィが声をかける。

セシリアがハッとして、申し訳なさそうに眉を下げた。

「けど、いまからでは映画に間に合わないのではないですか？」

「まあ、そうだね」

エミィが苦笑する。

叱られた子どものように、セシリアがシュンと肩をすぼめた。

「わたしの探し物に付き合わせてしまったせいで……本当にごめんなさい」

「そんなに謝らなくてもいいよ」

本当になんでもないといった口調で、エミィが手のひらを振る。

「映画はまた今度観ればいいけれど、髪留めが見つからなかったら、セシリアさんはずっと悲しんだままだっただろうし」

「エミィさん……」

なんと言ったらいいかわからないように、セシリアが口をつぐむ。

構わず、エミィが笑みを浮かべた。

「髪留めが見つかってよかったね、セシリアさん」

心の底から労っているような、優しい笑みだった。


「申し訳ありません！」

客間に戻ってくるなり、セシリアが勢いよく頭を下げた。

「せっかくプレゼントしていただいた髪留めなのに、なくしてしまって……」

セシリアの体はかすかに震えている。叱られることを恐れているのだろう。

まったく……そのようなことをするはずがないだろう、セシリア？

俺は苦笑して、セシリアの頭にそっと触れた。

「気にせずともいい。なくしたくてなくしたのではあるまい」

ゴールデンブロンドの髪を梳《す》くように、優しく頭を撫でる。

「それよりも、プレゼントを大切に思ってくれていたことが俺は嬉しい」

「イサム様……」

「顔を上げてくれ。俺は気にしていない」

セシリアが顔を上げ、安堵の息とともに、「ありがとうございます」と礼を言ってきた。

上手く励ますことができたようだな。

頬を緩め、俺は「うむ」と頷く。

気を取り直したセシリアは、ふと思案するように黙り込んだ。

どうしたのだろうか？　と疑問に思っていると、怖《お》ず怖《お》ずとした様子で、セシリアが口を開く。

「あの……厚かましくもお願いがあるのですが……」

「なんだ？　言ってみるといい」

一呼吸置いて、セシリアが切り出した。

「エミィさんにお返しをしたいんです」

「ふむ」

セシリアの願いを聞き、俺は顎をさする。

セシリアが自信なさげに眉を寝かせた。

「わたしたちは顕魔兵装を破壊するためにパンデムに来ましたから、適切な行動ではないと思いますが……」

「そのようなことはない」

鷹揚に言いながら、俺は首を横に振る。

「エミィは俺たちの協力者だ。顕魔兵装の発見に手を貸してくれている相手に恩返しをするのは、決して悪いことではない」

「それ以前に」と俺は続ける。

「恩に恩を返したいと思うのは、人間として健全な姿勢だ。義理堅い弟子を持てて、師として誇らしい」

微笑みかけると、セシリアがヒマワリのような笑みを咲かせた。

「ありがとうございます、イサム様！」


「お返し？　髪留めを探すのを手伝ったことの？」

「はい！」

部屋を訪れ、セシリアが用件を伝えると、エミィはキョトンとした顔をした。

「けど、あたし、たいしたことしてないよ？」

「そんなことありません！」

小首を傾げるエミィに、ギュッと両手を握ってセシリアが身を乗り出す。

「この髪留めは、わたしにとっての宝物なんですから！」

「でも……」

「エミィさんは、楽しみにしていた映画を諦めてまで手伝ってくれたじゃないですか！　十分すぎるほどたいしたことです！」

「う、うーん……」

セシリアが力説するが、エミィはなおも渋る。恩返しをされてもいいのだろうか？　と迷うように、眉をひそめながら。

「俺たちとはじめてあったときのことを覚えているか、エミィ？」

そんなエミィに、俺は語りかけた。

「あのとき、俺たちはヘルブレアの構成員からきみを助けた。その際、きみは俺たちを家に招き、歓待してくれたな」

「うん」

「あのときのきみと、いまの俺たちは同じ気持ちなのだ。俺たちを助けてくれたきみにお返しをしたい」

俺に賛同するように、セシリアがコクコクと何度も頷く。

「もちろん、迷惑に感じるなら断ってくれて構わないが……」

「め、迷惑なんかじゃないよ！」

エミィが慌てて首を振り、「うーん……」と腕組みした。

しばし考えたのち、エミィが訊いてくる。

「それなら、明日一日、あたしに付き合ってくれる？」

「ああ」

「もちろんです！」

一も二もなく、俺とセシリアは首肯した。


翌日、エミィは俺たちを連れて家を出た。

パンデムの町を歩くこと、およそ一五分。到着したのは、四階建てに相当する高さを持つ建造物だった。横幅は、隣にある住宅の五倍といったところだろうか。

その建造物を見て、セシリアが目をパチクリとさせる。

「映画館、ですか？」

「うん。そうだよ」

エミィがコクリと頷き、俺たちに望みを伝えた。

「イサムさんとセシリアさんには、あたしと一緒に映画を観てほしいの。それが、あたしが求める恩返し」

「え？　それだけなんですか？」

セシリアが困惑する。

俺も同じ気持ちだった。俺とセシリアが映画を観ても、ただ自分たちが楽しいだけだ。それがエミィへの恩返しになるのだろうか？

「本当にお礼になっているのでしょうか？　遠慮してませんか？」

「そんなことないよ」

訝《いぶか》しげに尋ねるセシリアに、エミィが苦笑する。

「あたし、誰かと一緒に映画を楽しむことに、憧れていたから」

そう語るエミィは、数瞬前とは質の違う笑みを浮かべていた。どこか憂《うれ》いを帯びたような、ほろ苦いような。

物憂《ものう》げなエミィの笑みを目にして、セシリアが小首を傾げる。

「エミィさん？」

「あ……じゃ、じゃあ、行こうか！」

ごまかすように、空気を変えるように、あるいは触れてほしくないように、エミィが明るく急かした。

「どうしたのでしょうか？」

「なにか事情がありそうだな」

映画館の入り口へと向かうエミィの背中を眺めながら、俺とセシリアは眉をひそめた。


映画を観終え、俺たちは近くの喫茶店に移動していた。

「見事なものだった」

俺は感嘆の溜息をつく。

「一般的な劇を軽んじるつもりはないが、映画というものは次元が違うな。迫力・演出ともに比べものにならぬ。いいものを観た」

「それはなによりだよ」

柄にもなく高揚感を覚えている俺を目にして、エミィがニコニコした。

「本当に素晴らしかったですね。原作と違う点もありましたけど」

「そうなのか？」

「はい。主人公とヒロインが山小屋で一夜を過ごすシーンがありましたよね？　原作では、そこは崖崩れに見舞われて洞窟に閉じ込められるシーンだったんです」

「なるほど」

「けど、面白さは全然損なわれていませんでした。むしろ、よりステキなシーンになっていたと思います」

「そう！　セシリアさんの言うとおりだよ！」

セシリアの感想を聞いて、エミィが興奮気味に身を乗り出した。

「シーンが変わったのは、多分、半年前に起きた災害を思い起こさせないように配慮したんだろうけど、『政略結婚させられそうになっているヒロインを主人公が連れ出す』って展開にすることで、よりロマンチックなシーンになってたよね！　原作の内容を変えることは映画ではタブー視されているけど、それを覆すどころか超えてくるなんて想像だにしなかった！　きっと、制作陣の原作愛が――」

普段の訥々《とつとつ》とした喋り方が嘘のように、エミィが熱量たっぷりに早口で語る。あまりの変わりように、俺とセシリアは呆然としてしまった。

「つまり、ロマンス面を強調することで……あ……」

鼻息荒く語っていたエミィが、ポカンとしている俺とセシリアに気づき、気まずそうに口をつぐんだ。

「え、えと……ゴメン……」

見せてはいけないものを見せてしまったかのように、エミィが肩をすぼめ、ボソボソと謝ってくる。

「つい、興奮しちゃって……へ、変だった――」

「その通りです、エミィさん！」

怯えるようにうつむくエミィに対し、エメラルドの瞳をキラキラさせながら、セシリアが力強く頷いた。

「え？」

「ただシーンを変えるだけではダメだったでしょうけど、展開をロマンスに寄せることで最高の出来になっていましたよね！」

「そ、そう……だけど……」

「素晴らしい考察です、エミィさん！」

おそらくエミィは、映画愛をさらけ出してしまったせいで、俺たちに呆れられるのを恐れていたのだろう。だがセシリアは、エミィの映画愛にいたく感動しているようだ。

そんなセシリアの反応が、エミィに一歩を踏み出させた。

「……げ、原作に、ヒロインが政略結婚の駒にされてるって、書いてあったよね？」

「はい！　多分、その設定を膨らませてあのシーンを作りあげたんでしょうね！」

「原作では、数行しかその設定に触れられていなかったのに、スゴいよね」

「本当にその通りです！　制作した方々の愛と熱意が伝わってきました！」

「うん……そうだよね！」

最初は恐る恐るとした様子だったが、セシリアと語り合うにつれて、雲間から太陽が覗いてくるかのように、エミィはつらつとした笑顔を見せるようになっていった。映画館に入る前に浮かべていた、物憂げなそれとは正反対だ。

エミィ。きみがどのような事情を抱えているかはわからぬが、ただひとつ、たしかなことがある。

「セシリアは心優しい子だ。きみを忌避《きひ》するなど、断じてありえぬ」

仲睦《むつ》まじげに語り合うふたりを微笑ましい思いで眺めながら、俺は呟いた。

エミィと映画を観にいった日から二日が経った。

午前一〇時。ピースメーカーの本部に、俺、セシリア、ティファニー、ウォルス、ピースメーカーの精鋭三名が集まっていた。

「いよいよ今日ですネ」

「ああ」

緊張した面持ちのウォルスに頷きを返し、俺は会議室の壁に掛けてある時計を確認する。

「尋問まで、あと三時間か」

今日の午後一時から、ホワイトガードの本部にて、ヘルブレア構成員の尋問がはじまる。俺たちはそこに立ち会うことになっているのだ。

エミィを助け、ヘルブレアの構成員を捕縛した翌日、俺とセシリアは、もろもろの事情をティファニーとウォルスに伝えた。

ヘルブレアの構成員がホワイトガードに捕らえられていること。

構成員たちから、ヘルブレアの本拠地に関する情報を引き出せるかもしれないこと。

ホワイトガードによる尋問に、俺たちが立ち会わせてもらえること。

つまり、今日、ヘルブレアの本拠地の所在がわかるかもしれないのだ。

尋問に立ち会うに先立って、俺たちは人選と準備を行うことにした。

万に一つではあるが、尋問中に構成員が暴れ出したり、構成員を助けようとヘルブレアのメンバーが乗り込んできたりする可能性がある。

そのような事態が起きた際に対応するため、尋問に立ち会うのは、ここに集まった七名にすることに決めた。

人選を終え、俺たちは装備を調える。

そのときだった。

「失礼しまス」

会議室に、ピースメーカーの団員が入ってきたのは。

「どうしタ？」

「エミィ＝アドナイと名乗る方がいらっしゃいましタ」

対応したウォルスに団員が答える。

団員の知らせに、俺とセシリアは顔を見合わせた。

「エミィが？」

「なんの用でしょうか？」

会議室に招かれたエミィは浮かない顔をしていた。

「エミィ、どうかしたのか？」

尋ねる俺に、エミィが頭を下げる。

「ごめんなさい。捕らえていたヘルブレアの構成員たちを、逃がしてしまった」

俺、セシリア、ティファニー、ウォルスが瞠目した。

「今朝、看守《かんしゅ》が確認したら、脱走してたみたい」

「手がかりが失われてしまったか……」

俺は歯噛みする。

セシリア、ティファニー、ウォルスも顔を曇らせていた。期待が大きかった分、失望も大きいのだろう。

ひとつ息をつき、俺は気持ちを切り替える。

「フリダシに戻ってしまったが、落ち込んでいてもはじまらない。改めて作戦を練ろう」

「でしたら、考えていた作戦がひとつありまス」

ウォルスが手を挙げて、作戦の内容を語り出した。

「パンデムの南部に、『ゴールドラッシュ』っていう大型娯楽地が――いわゆるカジノがあるんですけど、胴元《どうもと》がヘルブレアみたいなんス」

俺、セシリア、ティファニー、エミィが、「ふむふむ」と相槌《あいづち》を打つ。

「ゴールドラッシュにはホテルが併設されているんスけど、カジノで大勝ちした者は、ＶＩＰとしてスイートルームに招かれるそうなんでス」

ただ、

「ＶＩＰとして招かれた者は、忽然《こつぜん》と姿を消すらしいんですヨ」

「え？　ど、どうしてでしょうか？」

セシリアが戸惑う。

理由を察し、俺は口を開いた。

「殺《あや》められたのだろう」

セシリアとエミィが息をのみ、俺と同じ予想をしていたのか、ティファニーとウォルスが頷いた。

「本来、カジノは運営側が得をするように設計されている。だが、時として、運が味方をして大勝ちしてしまう者が現れるのだ。運営側としてはたまったものではない」

「だから、ＶＩＰとしてスイートルームに招き、そこで消すわけですね」

「大勝ちしたのは、実は不運だったたってやつッスネ」

煌びやかなイメージとは裏腹に、カジノには闇が潜んでいるのだ。

残酷な真実を知ったセシリアとエミィが身震いする。

俺は話を戻した。

「いまの説明で大方わかった。作戦とは囮捜査《おとりそうさ》のことだな、ウォルス？」

「はい。ＶＩＰとして招かれた者は消されル。逆を言えば、ヘルブレアの構成員と接触できるってことッス」

「その者を返り討ちにして、ヘルブレアの本拠地を吐かせる、といったところか」

ウォルスが首肯する。

俺は腕を組んで思考した。

ウォルスの作戦は効果的だ。ただし、懸念すべき点がある。

ヘルブレアの構成員は、ＶＩＰとして招いた者を殺めにくる。囮になった者には死の危険が伴《ともな》うのだ。

作戦の危険性に皆《みな》も気づいているのだろう。会議室に集まった者は、いずれも険しい顔をしていた。

「なら、囮はあたしがやる」

そんななか、エミィが名乗り出る。

「もともとは、ホワイトガードが捕まえた構成員たちを尋問して、ヘルブレアの本拠地を聞き出す予定だった。囮捜査しないといけなくなったのは、構成員たちの脱走を食い止められなかったホワイトガード《あたしたち》の責任。だから、あたしが囮になる」

「いいの、エミィちゃん？　どうしても危険は伴うよ？」

「覚悟はできてる」

心配するティファニーに、エミィは迷わず頷いた。

「わたしもやります！」

エミィに続き、セシリアも志願する。

エミィが目を丸くした。

「いいの？　危ないよ？」

「危ないのはエミィさんも一緒じゃないですか。エミィさんだけを危険にさらすわけにはいきません」

セシリアは決然とした眼差しをしている。

セシリアは、心底からエミィを気にかけているようだった。三日前の髪留め探しと、二日前の映画鑑賞で、ふたりのあいだに絆ができているからだろう。

それだけではない。おそらく、エミィがセシリアと似ていることも動機のひとつだ。

セシリアは、下級貴族に降格されてしまったデュラム家を上級貴族に戻するため、日々努力している。

エミィもまた、ホワイトガードの団員になるため、努力を重ねている。

ふたりとも、己の目標を果たすため、たゆまぬ努力を続けている。

セシリアはエミィにシンパシーを感じているのだろう。だからこそ、エミィを気にかけているのだ。

では、俺はどうする？

決まっている。囮捜査の話が出たときから決めていた。

「俺も参加しよう。セシリアとエミィに危機が迫ろうと、すべて俺が払ってみせる」

「イサム様……！」

俺が名乗り出たことで、セシリアが嬉しそうに目を細める。

「セシリアさん、イサムさん……ありがとう」

心を打たれたように唇を引き結び、エミィが深々と頭を下げた。

「決まりッスネ。ピースメーカー《おれたち》は、ヘルブレアの構成員を返り討ちにしたあと、皆さんが速やかに脱出できるよう準備しておくッス」

「頼んだ」

それぞれの役割を決め、俺たちは頷き合った。

捜査と賭博と激突

賭《か》け事《ごと》に必要な軍資金を集め終え、俺たちがゴールドラッシュを訪れたのは四日後の夕方だった。

ゴールドラッシュの敷地は、ホークヴァン魔導学校のそれよりも遙《はる》かに広大だ。少なく見積もっても四倍はあるだろう。

敷地内の建物は街中にあるものとは比較にならないほど高く、煌びやかな装飾がなされていた。さながら、胴元であるヘルブレアの、醜《みにく》い思惑《しわく》をごまかしているかのように。

「ついに来ましたね」

「ちょっと緊張する」

「うむ。心してかからねばなるまい」

俺の両隣にいるセシリアとエミィが、硬い面持ちで頷いた。

俺たちの衣服は普段のものとは異なっている。

俺は黒いタキシード。

セシリアはシャンパンゴールドのドレス。

エミィはアイスシルバーのドレスだ。

二〇〇年前の世界でもそうだったが、上等な場所にはそれ相応《そうおう》の服装が必要となる。現代で

『ドレスコード』と呼ばれているものだ。

ふたりのドレスはそれぞれに非常に似合っており、セシリアは姫、エミィは妖精のようだった。囮捜査などという物騒な状況で拝《おが》めたことが皮肉ではあるが。

「それにしても、やはり心許《こころもと》ないです」

「うん。魔導兵装、持ち込めないから」

セシリアとエミィが眉を下げ、小さく溜息をつく。

セシリアとエミィの言葉通り、ふたりは魔導兵装を携《たずさ》えていない。俺も愛用の刀を置いてきていた。

仕方ないことだ。カジノ内に武器を持ち込めば、即刻《そっこく》追い出されるだろうからな。

だが、なんら問題はない。

ふたりには俺がついているのだから。

「心配はいらぬ。たとえ無手《むて》であろうと、たとえどれだけの凶事《きょうじ》に見舞われようと、セシリアとエミィは俺が守り抜く」

俺が決然と告げると、セシリアとエミィの顔からこわばりがとれた。

「ありがとうございます。けど、いざ戦うとなったらわたしもお手伝いします。わたしはイサム様の弟子ですから」

「ああ。頼りにしているぞ」

俺が微笑みかけると、セシリアが両手を胸元で握りながら「はい！」と笑い返してきた。

よい弟子に巡り会えた。俺は幸せ者だな。

「さて。では、そろそろ参るとしようか」

俺はカジノの入り口を目指して歩き出す。

セシリアも俺のあとをついて歩を踏む。

「イサムさん、セシリアさん」

そんななか、立ち止まったままのエミィが不意に呼びかけてきた。

俺たちが振り返ると、エミィは深々と頭を下げる。

「まずは謝らせてほしい。ごめんなさい」

「ど、どうして謝っているんですか、エミィさん？」

「巻き込んでしまったから」

突然の謝罪にうろたえているセシリアに、エミィが頭を下げたまま言った。

「本当は、ヘルブレアの構成員を逃がしてしまった、あたしが責任をとるべきなのに……謝っても謝りきれない」

エミィの声色は弱々しく、後悔と罪悪感が滲んでいる。

謝罪の理由を聞いたセシリアは、目を丸くしたあと――

「謝る必要なんてどこにもありません」

包み込むような優しい声とともに、エミィの両肩にそっと触れた。

「わたしは巻き込まれたなんて思っていません。自分の意志で名乗り出たんですから」

エミィに顔を上げるよう促して、セシリアが続ける。

「それに、エミィさんをひとりにしたら、きっとわたしは後悔します」

「うむ。そちらのほうがよほどつらい。エミィに囮捜査を押しつけたとなれば、末代《まつだい》までの恥となっただろう」

エミィが目を見開き、「ありがとう」と頬を緩めた。

「セシリアさんも、イサムさんも、優しいね。あたしも、できるだけのことをしたい」

言いながらエミィが、肩にかけた小さな鞄《かばん》（ポシェットと呼ぶらしい）から、ふたつの小箱を取り出す。

小箱の真ん中には魔石が、その周りには、円を描くように一二個の小石が埋め込まれていた。

「これ、ふたりにもらってほしい」

エミィが差し出した小箱を目にして、セシリアがギョッとする。

「『ダウジング・アミュレット』ですか!?」

「魔導具かなにかか？」

目と口を大開きにしているセシリアに俺は尋ねる。

セシリアはコクコクと頷き、俺に説明してきた。

「あらかじめ魂力を読み込ませることで、その方がいる方角を示す魔導具です」

「ふむ。捜索用の魔導具といったところか」

「けど、いいんですか、エミィさん？　ダウジング・アミュレットは相当高価な魔導具ですよね？」

「いい」

エミィに迷いはなかった。

「イサムさんとセシリアさんに、危ない目に遭《あ》ってほしくないから。これがあれば、たとえ離ればなれになっても大丈夫だし」

「エミィさん……」

感じ入るセシリアに、エミィがダウジング・アミュレットを手渡す。

俺もまたダウジング・アミュレットを受け取りながら、エミィに力強い眼差しを向けた。

「かたじけない。俺たちもエミィの思いやりに報いよう」

「はい！　困ったときは絶対に助けますから！」

「やっぱり、イサムさんとセシリアさんは、優しいね」

エミィがはにかみ、顔つきを真剣なものに改め、カジノのほうを見やる。

「まずは、ゲームに勝たないとはじまらない。長い戦いになりそう」

「いや。そうはならん」

俺が首を横に振ると、「ほえ？」とエミィが目をぱちくりさせた。

不敵に笑いながら、俺はきっぱりと言い切る。

「俺がいるから問題ない」

入場した俺たちは、軍資金をチップに交換してからカジノのなかを歩き回った。

カジノ内には、トランプゲームエリア、ダイスゲームエリアなど、計六つのエリアがあった。

一通りエリアを巡り、行われているゲームを確認し、最終的に俺たちが向かったのはダイスゲームエリアだ。


ダイスゲームエリアの一画で、俺は足を止めた。

「このゲームならいけそうだな」

そこで行われていたゲームは『チョウ・ハン』だ。

チョウ・ハンとは、ダイスの出目《でめ》を予想するゲーム。

手順としては、まずディーラーが黒いカップに三つのダイスを投げ入れ、振る。

ディーラーがカップを逆さまに置いたら、ダイスの出目やその組み合わせを予想し、チップをかける。

予想が的中したら、それに応じた配当が支払われる——というものだ。

チョウ・ハンのテーブルで、壮年の男性のディーラーがダイスを投げ入れ、カップを振っている。

俺はその様子をつぶさに眺めた。

テーブルにつかず、ただじっとゲームを眺めている俺の姿に、エミィが不思議そうに首を傾げる。

「イサムさん、なにをしているの？」

「いまは話しかけてはだめです、エミィさん」

セシリアが唇に人差し指を当て、エミィに沈黙を促した。

「イサム様は勝利の準備をしているのですから」

流石はセシリア。俺の狙いがわかっているな。

俺はディーラーから目を離さないまま、ふ、と口元を緩める。

セシリアの言葉の意味がわからないのか、エミィが逆向きに首を傾げた。

それから四〇分後。

「よし。把握した」

準備が完了し、俺はいよいよテーブルにつく。

ディーラーが、ちら、と俺に目をやり、ダイスをカップに投げ入れた。

カップがテーブルに置かれる。

テーブルにある三つの円盤《えんばん》。そのうちのひとつを操作して、俺は『四』の番号を表示させた。

ダイスのうちのどれかが『四』になるという予想だ。

俺はチップを賭けた。

どよめきが起こり、テーブルについていたプレイヤーたちが呆れたような笑みを見せる。

当然だろう。俺が賭けたチップは、手持ちのすべてだったのだから。

「えっ？　だ、大丈夫なの？」

「はい。問題ありません」

ギャラリーと同じくエミィも動揺するなか、ただひとり、セシリアだけは悠然と微笑んでいる。

ディーラーがカップを持ち上げた。

出目は『六』・『三』・『四』。すなわち的中。

再びどよめきが起きた。呆れていたプレイヤーたちが愕然と目を剥く。

配当として、賭けたチップの倍が支払われた。これでまず、俺の手持ちは三倍だ。

ディーラーが次のゲームに移行する。

カップが置かれ、俺は『二』を表示させた。

的中。

三度目のゲームに移行する。

俺は『四』を表示させた。

的中。

俺が予想を的中させるたび、起こるどよめきは大きくなっていった。

この時点で、俺のチップは二七倍。

ディーラーが目つきを鋭くした。

ふむ。仕掛けるつもりだな。

ディーラーがカップを振り、テーブルに置く。

俺はそれまで触れていなかった残りふたつの円盤も操作して、『一』・『一』・『一』と表示させた。

ディーラーが瞠目する。

「どうした？　手が止まっているが」

涼しい顔で俺が指摘すると、ディーラーは震えながらカップを持ち上げた。

出目は『一』・『一』・『一』。

辺りが静まりかえった。

エミィがパクパクと口を開け閉めし、セシリアが誇らしげに胸を張っている。

俺のチップが一気に三〇倍以上に増えた。

なぜここまで予想を当てることができるのか？　そのタネは、テーブルにつく前の四〇分にある。

あの四〇分のあいだ、俺は武技『審眼』を用いていたのだ。

審眼は、視力・動体視力・視野など、視覚に関するあらゆる能力を強化する武技。

高まった視覚能力をもって、俺はディーラーの動作を観察した。ダイスの投げ入れ方、カップの振り方、カップの置き方、その結果としての出目。

それらすべてを観察した俺には、カップ内のダイスの動きが手に取るようにわかる。だからこそ、予想を的中させられるのだ。

先のゲームでディーラーは俺を警戒し、ゾロ目——すなわち、数字ひとつ賭けでもっとも正解率が低い出目になるよう、カップ振りのテクニックでダイスを操作したようだが、相手が悪かったな。

ディーラーだけでなく、ギャラリーやプレイヤーまでもが青ざめるなか、俺はニッ、と口端を上げた。

「さあ、次のゲームと行こうではないか」


そのあとも俺は連勝し、テーブルにはチップの山ができていた。

異様なまでの運の持ち主と思い込んだのか、プレイヤーたちは俺の予想に乗っかり、全員が大儲けしている。

ゲームのたびにプレイヤーたちは歓喜の叫びを上げ、敗れ続けているディーラーだけは脂汗《あぶらあせ》まみれの顔をしていた。

「お客様」

そんななか、上等な衣服を身につけた小太りの男がやってきて、俺に声をかけた。

「なにか？」

「お客様ほど豪運の持ち主には出会ったことがありません。今後も我《わ》がカジノを贔屓にしていただきたく、ＶＩＰとして扱わせていただけないでしょうか？」

「それは嬉しい提案だな」

「そうおっしゃっていただけて光栄です。つきましては、ゴールドラッシュが誇るスイートルームにご宿泊していってください」

「連れもいるのだが構わぬか？」

「ええ、もちろんでございます」

おそらくは支配人だろうその男が、俺にホテルの鍵を手渡してくる。

ついにきたか。

「ありがたく頂戴しよう」

俺が鍵を受け取ると、男は貼り付けたような笑みを浮かべてから去っていった。

俺はセシリアとエミィに目配せをする。

ゴクリと喉を鳴らしつつ、ふたりが頷いた。相当緊張しているようだ。

ふたりが緊張するのも無理はない。スイートルームに誘われたということは、カジノ側が、俺たちを殺害すると決めたことを意味するのだから。

賭博は前座に過ぎぬ。ここからが本当の勝負だ。

渡された鍵を握り、俺は気を引き締めた。

俺たちが招待されたスイートルームは、『贅《ぜい》を尽くした』との表現がふさわしい内装だった。

部屋数は八つ。四つの個室に、リビング、ダイニング、浴室、キッチンまで備え付けられている。

リビングに並んだ家具は見るからに上等で、高級そうな壺《つぼ》や絵画《かいが》まで飾られていた。

「成金《なりきん》趣味と言えばそれまでだが、たまにはこのような豪奢な宿も悪くない」

「そ、そうですね」

「ちょ、ちょっと、落ち着かないけど」

平然としている俺とは異なり、セシリアとエミィはギクシャクとの擬音が似合うほど緊張している。

俺は苦笑した。

「いまから緊張していては気疲れしてしまうぞ？」

「で、ですが、わたしたちはこれから命を狙われるわけですから……」

「う、うん。どうしても身構えちゃう」

眉を『八』の字にするセシリアとエミィ。

もう一度苦笑して、俺は提案する。

「ならば、セシリアがいいものを持っているではないか」

「わたしが、ですか？　いいもの、ですか？」

小首を傾げるセシリアに、俺は「うむ」と頷いた。

「パンデムに向かう途中、トランプで遊んだだろう？　またやろう。遊んでいれば気が紛れるだろうからな」

もちろん、

「チップも賭けもなしだ。賭け事はカジノで十分だからな」


「……これ！」

「あっ！」

二枚あるセシリアの手札。そのうちの一枚をエミィが引く。

引いたトランプの絵柄を見て、エミィが口角を上げた。

「あがり」

「ま、負けました……」

エミィがピースサインを作り、セシリアがリビングのテーブルに突っ伏す。

俺たちがやっているのは、魔導機関車内で遊んだのと同じくババ抜き。かれこれ三〇分ほど興じており、セシリアとエミィの緊張も解けたようだった。

「もう一回！　もう一回です！」

「うん。いいよ」

「ああ、俺もだ」

意外に負けず嫌いらしい、セシリアの必死な様子に、俺とエミィは笑みを漏らす。

次のゲームを行うべく、俺はトランプを集めてシャッフルした。

「こんなに楽しいの、はじめてだな」

心からそう感じているような声色で、エミィがポツリと呟く。

「はじめて、ですか？」

「うん。あたし、人付き合いが苦手で、友達いないから」

セシリアの問いに答えるエミィは、切なげな微笑みを浮かべていた。

俺は納得を得る。


──あたし、誰かと一緒に映画を楽しむことに、憧れていたから。


三人で映画を観にいった日、エミィが口にした言葉と、物憂げな笑みの理由は、『友達がいなかったから』だったのだ。

「エミィさん……」

エミィの告白を聞いたセシリアが、痛ましげに眉根を寄せて──表情を真剣なものに改めた。

「でしたら、わたしを友達第一号にしてくれませんか？」

「え？」

面食らったように目を丸くして、エミィが苦笑した。

「同情しなくてもいいよ」

「同情なんかじゃありません。もちろん、憐《あわ》れんでもいません」

自虐するエミィをまっすぐ見つめ、セシリアが思いを伝える。

「わたしが髪飾りをなくしたとき、エミィさんは探すのを手伝ってくれました。今日だって、わたしとイサム様を心配して、ダウジング・アミュレットを用意してくれました」

それに、

「映画を観終わったあと、エミィさんと語り合っていたとき、とってもとっても楽しかったんです」

「セシリアさん……」

「健気《けなげ》で優しくて、なにより一緒にいて楽しいエミィさんと、わたしはもっと仲良くなりたいです」

そこまで言って、「……だめでしょうか？」と、セシリアが不安そうに眉を寝かせる。

セシリアの思いを聞いたエミィは黙り込み――

ポロリ
ヘマタイトのような灰色の瞳から、透明な雫《しずく》をこぼした。

セシリアがギョッとする。

「ど、どうしたんですか!?　泣くほど嫌だったんですか!?」

「ち、違う！　そうじゃないの！」

オロオロするセシリアに、エミィがブンブンと両手を振り、涙を拭う。

「これは、嬉し泣き」

「じゃあ……！」

「うん」

期待に顔を輝かせるセシリアに、エミィが片手を差し出した。

「お友達になってくれますか？　セ・シ・リ・ア・ちゃん」

「もちろんです！　エ・ミ・ィ・ちゃん！」

差し出された手をセシリアがとり、ふたりが笑みを交《か》わし合う。

微笑ましいふたりの様子に俺も頬を緩める。

ただ、ひとつだけ気になることがあった。

エミィの笑顔から、どこかほろ苦さを感じるのだが……気のせいだろうか？


深夜二時。草木も眠る丑三《うしみ》つ時《どき》。

スイートルームの個室にあるふたつのベッド。そこにセシリアとエミィが横たわっていた。

ふたりの瞼は伏せられ、すぅ、すぅ、と穏やかな呼吸が繰り返されている。

室内は静まりかえり、聞こえるのはふたりの呼吸だけ。

そんな一室のドアが、音もなく開けられた。

室内に入ってきたのは三人の男。いずれの手にもナイフが握られている。

男たちは音も立てずにベッドに忍び寄り、横になっているセシリアを見下ろす。

男たちが頷き合い、そのうちのひとりがナイフを振りかざした。

男のナイフが振り下ろされる――まさにそのとき。

ヒタリ
男の首筋に、スイートルームに備え付けられているペティナイフがあてがわれた。

男とその仲間たちが目を剥く。

「覚悟はあるか？」

落ち着いた、しかし、怒りを孕《はら》んだ声がした。

声の主は、男たちの背後にいつの間にか立っていた。

「命を捨てる用意はしてきたか？」

声の主――イサムは、手にしているペティナイフよりも鋭い眼差しで告げる。

「俺は、その子に手を出す者をなにがあっても許さんと決めている」

「ひ……っ！」

首筋にペティナイフをあてがわれている男が息をのむ。

男を助けようと、ふたりの仲間がイサムに向き直った。

瞬間。

「はあっ！」

「がっ!?」

ベッドに横たわっていたセシリアが跳ね起きて、イサムに向き直った、ふたりのうちのひとりの背に、強烈な蹴りを食らわせる。

どうやらセシリアは寝たふりをしていたらしい。

セシリアに襲撃されるとは思ってもいなかったのか、男は受け身もとれず床に倒れる。

セシリアは素早い動きで男の背にまたがり、首に腕を回して締め上げた。

セシリアの拘束から抜け出そうと男がもがく。

びくともしない。

どれだけもがこうと、男が拘束から逃れることはかなわなかった。

おそらく、セシリアは膂力を上昇させる武技『剛』を使っているのだろう。

女性のものとは思えないほどの怪力に、拘束された男が目を白黒させる。

だが、彼らもやられっぱなしではない。

首筋にペティナイフをあてがわれている男が、ナイフを逆手《さかて》に握り直し、イサムを刺し貫《つらぬ》こうとする。

無駄だった。

男が動いた瞬間、イサムの腕が男の手首をつかんでいた。

「言ったはずだ。許さんとな」

イサムが男の手首をひねる。

「いぎっ!?」

痛みに耐えかねた男が悲鳴を上げ、ひねられた手からナイフがこぼれた。

残るはひとり。

ただひとり無事な男はイサムから飛び退《すさ》り、懐《ふところ》に手を入れた。

このままではやられると悟ったのだろう。取り出された手には魔銃が握られている。

男が魔銃の銃口をイサムに向けた。

「やぁぁあああっ！」

気合一声。

ベッドから小さな影が飛び出した。

エミィだ。

完全に意識の外だったのだろう。男はエミィのタックルをまともに食らい、背中から床に倒れた。

男が呻き、魔銃をエミィに向ける。

しかし、その行動はイサムの怒りを買うだけだった。

「疾《し》っ！」

「あぐぁあああああああ!!」

イサムが投擲《とうてき》したペティナイフが、魔銃を構える腕に突き刺さる。

男の絶叫が室内に響き渡った。

「ありがとうございます、エミィちゃん」

男のひとりを気絶させ終えたセシリアが、エミィに駆け寄り、礼を言う。

「ううん。友達を助けるのは、当然」

エミィがはにかみ、セシリアが嬉しそうに目を細めた。

「さて。これで仕舞いか」

小さく吐息しながら、イサムが残りふたりの首に手刀を叩き込んで意識を刈り取る。

イサムの言葉通り、三人の男はピクリとも動かない。襲撃は防がれた。

それは同時に、イサムたちの囮作戦が成功したことを意味する。

「あとは、ホテル付近に待機しているピースメーカーに連絡を入れ、この者たちを本部まで運ぶだけだ」

イサムたちを襲撃した三人の男は、当然ながらヘルブレアのメンバーだろう。

すなわち、イサムたちは手に入れたのだ。

ヘルブレアの本拠地にたどり着くための手がかりを。


男たちをピースメーカーの本部に運んだのち、尋問が行われた。

尋問の末、男たちが情報を明かしたのは、翌日の昼前だった。

俺たちとピースメーカーは準備を整え、その日の午後、ヘルブレアの本拠地へと向かった。

「まさか、こんなところにあるなんて思ってもみなかったッスネ」

苦虫を噛み潰したような顔でウォルスが独りごちる。

気持ちはわからないでもない。ヘルブレアの本拠地は、パンデム東部にぽつんと建つ教会。その地下にあったのだから。

ヘルブレアという、悪意のるつぼのような組織が、善意の象徴たる教会にあろうなど、誰が想像できようか？

いや、だからこそ、ヘルブレアは教会を本拠地に選んだのだろう。『犯罪組織の本拠地が教会にあるはずがない』という思考の盲点《もうてん》を、やつらは突いたのだ。

「気づけないのも無理はないだろう、ウォルス」

「たしかにそうなんスけど、やっぱりモヤモヤするッスヨ」

「ならば今日、その鬱憤を晴らせばいいではないか」

俺が指摘すると、ウォルスはパチパチと瞬きをして、にやっと好戦的な笑みを浮かべる。

「それもそうッスネ。今日でヘルブレアはお仕舞いッス」

ウォルスが教会の扉を開けた。

扉が開く音が聞こえたのだろう。教会の奥から、三〇代と思しき男性神父がやってくる。

五〇名以上の団員を引き連れたウォルスを目にして、一瞬、神父の顔が強張《こわば》った。

動揺を隠すように笑みを繕い、神父が尋ねてくる。

「随分と大所帯ですネ。今日はどのようなご用件でしょうカ？」

「単刀直入に訊きまス。あなたはヘルブレアと繋がっていますネ？」

神父の笑みが引きつった。

「そ、そのようなことがあるはずないではありませんカ」

「ごまかさないほうがいいッスヨ。ほかでもないヘルブレアのメンバーが、ここに本拠地があると明かしたんスから」

ウォルスが険《けん》のある声つきで通告すると、神父は瞠目し――

「くっ……！」

祭服の袖《そで》から魔銃を取り出して、ウォルスに銃口を向けた。

神父が引き金を絞る――直前。

「せあっ！」

ウォルスが神父の腕を蹴り上げる。

「ぐぅっ！」と神父が呻き、蹴り上げられたことで教会の天井に向けられた銃口から、火球が撃ち出された。

火球《かきゅう》が天井に炸裂し、爆音が轟く。

その爆音に負けない声で神父が叫んだ。

「敵襲！　敵襲でス！」

神父の知らせに、教会の奥から黒服の男たちが現れる。

十中八九《じっちゅうはっく》、彼らはヘルブレアのメンバーだろう。

男たちは俺たちを見るやいなや懐から魔銃を取り出し、構えた。

ウォルスが目を鋭く細め、団員たちに指示を出す。

「応戦するッスヨ！」

団員たちのうち、魔銃を携える者がそれを抜き、構えた。

「撃テエェエエエエエエエエッ！」

ヘルブレアのメンバーとウォルスの号令が重なる。

両陣営の魔銃が火を噴いた。

火球が、氷弾が、雷閃《らいせん》が、宙に無数の軌跡を描く。

それぞれの攻撃が空中で衝突した。

爆炎。

轟音。

魔法攻撃の相殺《そうさい》により、煙幕《えんまく》が立ちこめる。

「ふっ！」

もうもうと立ちこめる煙を突き破り、短剣型の魔剣『スラッシャー』を握ったティファニーが切り込む。

魔剣の加速効果により常人ならざる速度で迫ってきたティファニーに、ヘルブレアの足並みが乱れた。

その一瞬を俺は見逃さない。

「行くぞ、セシリア！」

「はい！」

俺とセシリアは疾風を用い、ヘルブレアのメンバーたちを掻い潜るようにして、教会の奥へと走り抜ける。

ピースメーカーの団員たちと共闘するエミィが声を張り上げた。

「イサムさん、セシリアちゃん、気をつけて！」

「うむ！」

「行ってきます！」

エミィに答え、俺とセシリアは、祭壇の裏にあった隠し階段を駆け下りていった。


現れるヘルブレアのメンバーを斬り伏せながら、教会の地下を奥へ奥へと進む。

しばらく走っていると大広間にたどり着いた。

目測で一〇〇メトロ×五〇メトロ×一〇メトロほどの、直方体の空間。おそらくは地下墓地《カタコンベ》だろう。

「やつらも面倒な相手を連れてきたものダ」

地下墓地の中央にいたひとりの男が、溜息とともにぼやく。

存在感の濃い男だ。

推定四〇歳前後。

体つきは中肉中背で、灰色の髪をオールバックにしている。

紺色の双眸は猛禽《もうきん》ほど鋭い。

まとうのは黒一色のスーツ。腰には魔銃のホルスターと魔剣の鞘がつるされていた。

「お前がヘルブレアの頭《かしら》か」

「いかにモ。ディーン＝カリオスといウ」

「俺たちは総力を挙げてお前たちを潰しにきた。悪いことは言わん。投降しろ、ディーン」

「そういうわけにはいかン。喧嘩《けんか》を買わずに逃げおおせたところで、恥を晒《さら》すだけだからナ」

「それに」とディーンが続ける。

「こちらには切り札があル」

ディーンの言葉とともに、地下墓地の奥からひとりの男がやってきた。ホワイトガードから脱走した、男のうちのひとりだ。

俺の隣にいるセシリアが絶句する。

無理もない。男の右腕には大砲が装着されているうえ、さながらゾンビのごとく、虚ろな目で呻いていたのだから。

「あの大砲は『バンパー・アンデッド』という代物ダ。威力は申し分ないのだが、装着した者の意識が乗っ取られるのが玉に瑕《きず》でナ」

「そんな危険な代物を仲間に装着させたんですか!?」

「自警団などに捕らえられる役立たずダ。俺は無能は好かン」

ディーンに悪びれる様子は一切ない。

セシリアが、「ひどい……」と口元を覆った。

意識を乗っ取る兵器。尋常ならざる代物だ。

十中八九、あの大砲こそが、ヴァリスがこの街に送った顕魔兵装《パンデム》だろう。

「おしゃべりはここまでダ。俺は少々気が立っていル。俺の城を荒らしたお前たちには、惨《むご》たらしく死んでもらおウ」

ディーンが魔銃を抜き、バンパー・アンデッドに乗っ取られた男が砲口をこちらに向ける。

応戦すべく、俺とセシリアはそれぞれ、刀と魔剣を抜き、構えた。

ディーンが冷たく言い放つ。

「ちょうどよかったナ。ここは地下墓地。寝床には困らン」

バンパー・アンデッドの砲口から、青白い光弾が放たれた。

光弾が俺目がけて迫り来る。

問題ない。

刀に魂力をまとわせ、魔法を打ち消す武技『破魔《はま》』で、俺は光弾を迎え撃った。

刀を振るう。

刃が閃く。

が、刃に切り裂かれる直前、光弾は蛇のかたちに変わり、弧を描くようにして回避した。

「むっ！」

青白い蛇が顎を開き、俺を喰い殺さんとする。

即座に俺は疾風を用いて飛び退る。

攻撃は空振りに終わり、青白い蛇が食《は》んだのは虚空だった。

それでも青白い蛇は止まらない。光の体をくねらせて、俺を追いかけてくる。

判断能力を持つ自律型の砲弾……召喚師系魔族の魔族核でも使っているのか？

推察する俺に、青白い蛇が再び牙を剥いた。

青白い蛇が俺に喰らいつく。

「させません！」

寸前、俺を庇うように割り込んだセシリアが、セイバー・レイの腹で青白い蛇を防いだ。

「大丈夫ですか、イサム様！」

「ああ。助かった、セシリア」

「助かってなどおらんヨ」

ディーンが俺たちに魔銃の銃口を向ける。

「喜ぶには早すぎル。あれで終わりと思ったカ？」

ディーンの魔銃が火を噴いた。

撃ち出された赤い弾丸が飛来する。

赤い弾丸と俺のあいだにはセシリアがいる。これでは破魔で打ち消すのは不可能だ。

判断。

即、指示。

「回避だ、セシリア！」

「はい！」

俺とセシリアは左右に跳び、赤い弾丸を回避する。

寸前まで俺たちがいた場所を赤い弾丸が通過し、地下墓地の壁に直撃した。

轟音と炎光。

赤い弾丸が起こした爆発が、地下墓地を震撼させる。

凄《すさ》まじい威力だ。おそらくディーンの魔銃には、炸裂魔法の魔法式が組み込まれているのだろう。

相手は遠距離武器の使い手。しかも連携してくる。一ヶ所に固まっていてはやられてしまう。

ならば、最善の戦い方は――

「二手に分かれよう、セシリア。俺はバンパー・アンデッドを叩く。ディーンはきみに任せた」

「わかりました！」

「いい返事だ」

力強い返答に俺は頬を緩める。

ディーンが眉をひそめた。

「いまのを凌ぐカ。やはり、お前たちはやっかいダ」


行く。

駆ける。

風を切る。

わたし――セシリア＝デュラムは疾風を用い、ディーン＝カリオスさんに猛スピードで迫っていた。

カリオスさんは強力な魔銃を使っているが、接近すれば、有利なのは魔剣士であるわたしだ。

だから、行く。

「させんヨ」

接近されたら不利なことをカリオスさんもわかっているのだろう。走り来るわたしに向けて魔銃を構えた。

回避！

引き金が絞られる寸前、直進していたわたしは左斜めに方向転換《カウンター》。

赤い弾丸が放たれた。

わたしは違和感を得る。

赤い弾丸の軌道が、斜め下に向いていたからだ。

ちょうど、方向転換前のわたしの、進路上に着弾する向き。

なにが狙いでしょう?

わたしが眉をひそめた直後、赤い弾丸が地面で炸裂した。

爆発が地面を粉砕し、爆風によって砂煙が舞い上がる。

わたしは察した。

目くらましですか!

カリオスさんは、わたしを迎撃するつもりなんてなかった。

カリオスさんの真の狙いは、砂煙を巻き起こしてわたしの視界を封じることだったのだ。

「く……っ」

砂煙にのみ込まれ、わたしの視界が灰一色になる。

慌ててはいけません! 視界が封じられたのなら聴覚に頼ればいいんです!

思考を切り替えたわたしは、カリオスさんの次の手に備えるべく、瞼を伏せた。


——終わりだ!!

ふと、苦い記憶が蘇る。

一ヶ月ほど前、わたしはイサム様とペアを組み、ケニー＝ホークヴァン先輩と戦った。

その際、いまと同じような展開になった。ホークヴァン先輩はカリオスさんと同じく、砂煙でわたしの視界を封じてきたのだ。

あのとき、わたしもいまと同じく、視覚の代わりに聴覚を用いて対応しようとした。しかしホークヴァン先輩は、攻撃する方向とは真逆の位置で音を立てることで、わたしの裏をかいてきた。

もし、カリオスさんがホークヴァン先輩と同等以上の実力者だとしたら？　ホークヴァン先輩同様、わたしの裏をかいてきたら？

聴覚に頼るのは悪手！

そう判断したわたしは瞼を上げ、両目に魂力を集中させて審眼を発動させた。

同じ轍《てつ》は踏みません！　砂煙の流れを観て、カリオスさんの攻撃に備えるんです！

神経を研ぎ澄まし、心を静め、わたしはただ、砂煙の流れを注視する。

砂煙が揺らめいた。

「――後ろ！」

即座にわたしは対応する。左サイドにステップを踏み、すぐにも来るだろう攻撃の、回避を試みる。

右肩に鋭い痛みが走った。

直前までわたしがいた場所を、カリオスさんが魔剣で薙いだのだ。

カリオスさんの斬撃を躱《かわ》しきれず、わたしの右肩には裂傷が刻まれている。

けれど、まともに食らわなかっただけ御《おん》の字だ。聴覚に頼っていたら、いまごろ、わたしの命はなかった。

「浅かったカ」

わたしを仕留め損ねたことに苛立《いらだ》っているのだろう。カリオスさんが舌打ちする。

ズキズキと痛む、肩の傷。歯を食いしばってそれを意識の外にやり、わたしはカリオスさんに魔剣を振るった。

「はあっ！」

「食らわン」

カリオスさんがバックステップでわたしの剣戟を躱す。

終わらせない。

一歩踏み込み、手首を返し、わたしは二撃目を放った。

「思った以上にやるナ。ここは慎重に行くとしよウ」

カリオスさんが、魔銃をわたしの足下に向ける。

このまま踏み込んでは、赤い弾丸の爆発で大ダメージを食らってしまう。

悔しいが、追撃は諦めるほかにない。

斬撃をキャンセルし、わたしはその場から飛び退《の》いた。

発砲。

着弾。

爆発。

再び砂煙が巻き起こり、わたしの視界が封じられた。

――これでは堂々巡りですね……。

わたしは歯がみする。

カリオスさんの戦術はヒット・アンド・アウェイ。そこに、砂煙による妨害を組み込んだものだ。

砂煙を起こし、わたしの視界を封じ、気づかれないように接近して攻撃。後《のち》に、わたしから距離をとり、再び砂煙を起こす。

加えて、足音も物音も一切しませんでした。おそらく、カリオスさんの魔剣には音魔法の魔法式が組み込まれていて、その効果で音を消しているのでしょう。

つまり、わたしはこれから延々と、カリオスさんの不意打ちを凌ぎ続けなければいけないということだ。

わたしには、ご先祖様である『聖女』マリー様から受け継いだ治癒能力『聖母の加護《ヒール・ブレッシング》』があるため、負った傷は自動的に治癒される。実際に、先ほど受けた肩の裂傷も、すでに塞《ふさ》がっている。

しかし、命に関わるような傷は流石に治すことができない。一瞬でも油断したらお仕舞いだ。

それでも、わたしがカリオスさんを引きつけておけば、イサム様が戦いやすくなる。わたしが耐え凌ぐことが、イサム様のためになるのだ。

なら、わたしがやるべきことはひとつです。

ふぅ、と息をつき、わたしは決意した。

「望むところです。いくらでもかかってきてください。そう簡単にはやられませんよ」

長期戦になろうと、防戦一方になろうと、決して倒れてはやらない、と。


青白い虎に変化した光弾が、俺に飛びかかってくる。

振るわれた爪を回避し、俺は刀を閃かせた。

破魔。

両断された青白い虎が霧散する。

仲間の敵を討つかのように、すでに発射されていた青白い虎が、俺の背後から噛みついてきた。

襲撃を気配で察した俺は、左足を軸に、右足を後ろに滑らせながら回転《ターン》。柳の枝のようにしなやかな動きで半身になる。

青白い虎の牙は俺にかすりもせず、ガチン、とむなしい音を立てた。

俺は逆袈裟の反撃を放つ。

破魔。

両断された青白い虎が霧散した。

それでもまだ、青白い虎は無数にいる。俺を囲むようにして、ないはずの喉から唸り声を上げていた。

「斬っても斬ってもきりがないな」

俺は独りごちる。そのあいだにも、バンパー・アンデッドは光弾を撃ち出し、新たな青白い虎を生み出していた。

だが、セシリアがディーンを引きつけてくれているおかげで幾分かは戦いやすい。セシリアに感謝せねば。

俺はチラリと視線をやり、セシリアとディーンの戦いを窺った。

ディーンが赤い弾丸を放ち、爆発によって砂煙が巻き起こる。

砂煙にのみ込まれ、セシリアの視界が奪われた。

不意打ちを仕掛けるつもりなのか、ディーンが砂煙のなかに突っ込む。

砂煙が晴れ――無傷のセシリアがディーンに魔剣を振るった。

即座にディーンが発砲し、再び砂煙が巻き起こる。

攻めあぐねるセシリアを、砂煙が呑み込んだ。

セシリアは健闘しているが、ディーンのほうがひとつ格上のようだ。防戦一方では神経もすり減るだろう。長期戦は望ましくない。

ならば――

「多少強引にでもこちらの勝負を終わらせるとしよう」

俺は地を蹴った。

俺を包囲している青白い虎たち。そのうちの一体に肉薄し、瞬く間に斬り伏せる。

仲間をやられた青白い虎たちが、一斉に俺に飛びかかってきた。

すぐさま反転し、刀を中段に構える。

「疾《し》っ！」

数多《あまた》の剣戟が走る。

そのすべてが破魔の斬撃。

飛びかかってきた青白い虎たちが、一体残らず霧散した。

再度反転し、俺はバンパー・アンデッドに乗っ取られている男のほうに向き直る。

「決めさせてもらうぞ」

疾風。

俺は駆け出し、我が身を風にした。

男が迎撃の光弾を放つ。

光弾は無数の猛禽《もうきん》となり、俺の視界を埋め尽くした。

無駄だ。

刹那《せつな》ほどの足止めにもならない。

俺は刀を振るう。

縦横無尽《じゅうおうむじん》と煌めく銀光。

さながら花吹雪のごとく、無数の猛禽が一匹残らず散った。

男が瞠目する。

動揺による一瞬の硬直。

その隙に、俺は男の眼前まで来ていた。

このままバンパー・アンデッドを破壊する！

俺は大上段に刀を振りかぶった。

そのとき、視界の端にひとつの影が映る。

たなびく紫の長髪。

ティファニーだ。

「すあっ！」

地を這《は》うほどに体を沈めたティファニーは、男の背後に回り込み、スラッシャーを閃かせた。

ふたつの風音。

男の膝がガクンと崩れる。

どうやらティファニーは、男のアキレス腱《けん》を断ったらしい。

体を支えることができなくなった男が、後ろ向きに倒れ込んだ。

ティファニーが息をつき、額の汗を拭う。

「ただいま駆けつけました、イサムさん！」

「ああ。ウォルスたちは大丈夫なのか？」

「はい！　上はもう制圧しましたよ！」

「それは重畳《ちょうじょう》だ」

俺が微笑みを見せると、ティファニーもニカッと口角を上げた。

俺とティファニーが笑い合うなか、倒れた男が呻き声を漏らす。

「まるでゾンビですね、このひと」

「顕魔兵装に乗っ取られているらしい」

「人間を乗っ取るなんて……恐ろしい代物なんですね、顕魔兵装って」

ティファニーが顔をしかめた。

男はなおも呻きながら、バンパー・アンデッドの砲身を俺たちに向けようとする。

「させませんって！」

ティファニーがバンパー・アンデッドの側面を蹴り、男の反撃を防ぐ。

そのままティファニーは、流れるような動きで男を組み伏せた。

「こいつはわたしが抑えておきます！　イサムさんはセシリアちゃんの加勢に！」

「うむ。頼んだ」

男をティファニーに任せ、ディーンの攻撃を凌ぎ続けるセシリアのもとへ、俺は駆けだした。

「ムッ!?」

俺の接近に気づいたディーンが魔銃を構える。

魔銃の銃口が俺を捉え、ディーンが引き金に指をかけた。

だが、遅い。

神速をもたらす武技『縮地』を用い、俺は一瞬でディーンとの距離を殺す。

信じられないものを見たかのように、ディーンが目を剥いた。

すれ違いざま、俺は刀を一閃させ、ディーンの魔銃を割断《かつだん》する。

常人ならば、自分に起きていることが受け止められず思考停止するだろう。

しかし、大組織を束ねているだけはある。ディーンは違った。

魔銃を破壊されるやいなや、もう片方の手に握った魔剣で俺に斬りかかってきたのだ。

凶刃が迫る。

俺はうろたえなかった。

ただ一言。

「任せたぞ、セシリア」

「はい！」

力強く答えたセシリアが、俺に迫る魔剣を狙ってセイバー・レイを振るった。

そう。セシリアは、ディーンの注意が俺に向けられたのを見逃さず、死角から接近していたのだ。

「――っ！　小娘風情《ふぜい》が……っ！」

「散々やられたお返しです！」

それまでの鬱憤を晴らすように、セシリアが鋭い横薙ぎを見舞い、忌々《いまいま》しげに歯がみするディーンの魔剣を断つ。

これでディーンは丸腰。

もはや勝負は決まったようなもの。

「終わりだ、ディーン」

俺は最後の一撃を放った。

袈裟懸けの斬閃《ざんせん》が、ディーンの左肩から右脇腹までを裂く。

「があぁあああああああああああああああっ!!」

苦悶《くもん》の絶叫を上げ、ディーンが地面に倒れ伏した。

悶《もだ》え苦しむディーンを見下ろし、俺は刀を振って刀身に付着した鮮血を払う。

「悪行には報いがつきものだ」

刀を鞘に戻しながら、俺はいさめた。

「選ぶ道を間違えたな、ディーンよ」


「やりましたね、イサム様！」

戦闘が終わり、セシリアが明るい顔を見せた。

「ああ。大事はないか、セシリア」

「いくらかケガを負ってしまいましたけど、『聖母の加護』で治ったので大丈夫です！」

「そうか。よく頑張ってくれた」

俺が頭を撫でると、セシリアは「えへへへ」と緩んだ笑みを浮かべる。飼い主に褒められて喜ぶ犬を連想させる笑顔だ。

労っているこちらが癒やされる。セシリアの純朴さがなせる業《わざ》だな。

「あとはバンパー・アンデッドを破壊するだけか」

セシリアにつられて目を細めてから、俺は最後の仕事に向かう。

俺が踵《きびす》を返した――そのとき。

「ぐ……おおぉおおおおおおおおおおおおおお‼」

バンパー・アンデッドに乗っ取られている男が絶叫した。先ほどまでの呻きとは異なる、苦痛が色濃く湛えられた叫びだ。

男を組み伏せているティファニーが、「なあっ⁉」と動転する。

男がジタバタと激しくもがく。ティファニーに抑え込まれながらあれだけ暴れては、骨や筋を痛めてしまうだろう。

俺はすぐさま指示を出した。

「ティファニー！　一度解放してやれ！」

「は、はい！」

ティファニーが男を解放する。

なおも暴れる男のもとへ、俺とセシリアは駆け寄った。

男はバンパー・アンデッドを装着している腕を、もう片方の手で押さえている。バンパー・アンデッドを装着している腕には、ミミズ腫《ば》れのような脈が浮かんでいた。

セシリアが息をのむ。

「まるで侵食《しんしょく》されているみたいです」

「ああ。この苦しみようも尋常ではない」

思えば、バンパー・アンデッドはほかの顕魔兵装とは違っていた。顕魔兵装は使用者の体を乗っ取るが、意識まで奪うことはなかったのだから。

どういうことだ？　使用されている魔族核が原因か？　よほどの高位魔族の魔族核が使用されているということか？

「イサムさん。この状況で顕魔兵装を破壊するのは危険じゃないですか？」

考えを巡らせる俺に、ティファニーが指摘する。

「なぜかはわかりませんけど、顕魔兵装はこの人と強く結びついてるみたいです。いま破壊したら、この人にも危険が及ぶんじゃないでしょうか？　まずは医者に診せたほうがいいと思います」

「一理あるな」

「けど、お医者様にどう説明すればいいのでしょうか？　流石に顕魔兵装のことは明かせませんし……」

セシリアが眉をひそめた。

セシリアの言うとおりだ。男の状況を説明するには、顕魔兵装や『魔の血統』のことも明かさなければならないだろう。

だが、この時代の魔族は根絶されていることになっている。魔族核が使用された兵器や、魔族の血を継ぐ者の存在を知られれば、いらぬ混乱を招く恐れがある。

「終わったみたいッスネ！」

どうしたものかと顔をしかめていると、ウォルスの声が聞こえた。こちらの様子を見に来たようだ。

「俺たちと交戦してたヘルブレアのメンバーは全員拘束しましたヨ！　あとはここにいるやつらだけッス！」

うずくまっているディーンを目にして俺たちの勝利を確信したのだろう。ウォルスの顔は明るい。

なにかを思いついたかのように、ティファニーがハッとした。

「ウォルスさん！　ピースメーカーにかかりつけの医者っていませんか!?」

「それなら医療部隊がありますけド……どうしたんスカ？」

「看てほしいひとがいるんです！」

突然の頼みにキョトンとしているウォルスに、「実は――」とティファニーが事情を話し出す。

なるほど。ピースメーカーはすでに、魔族核と『魔の血統』の存在を知っている。ピースメーカーの関係者に診せれば問題ないと、ティファニーは考えたようだ。

ティファニーから説明を受けたウォルスは、神妙な顔つきで頷いた。

「了解ッス。まずはこのひとと、そこに転がってるやつを運び出しましょウ」

ウォルスは団員に指示を出し、バンパー・アンデッドを装着している男とディーンを担架《たんか》で運び出させた。

俺・セシリア・ティファニーも地上に戻り、団員やエミィと合流。

団員やエミィとも事情を共有したのち、ティファニーが俺とセシリアに頼んできた。

「わたしはウォルスさんについて行きます。イサムさんとセシリアちゃんには、スキール様への報告をお願いします」

「承った」

「それから、協力してくれたお礼をしたいから、エミィちゃんにはわたしについてきてもらっていい？」

「うん。わかった」

それぞれの次の行動を決め、俺たちは教会の外に出る。

二手に分かれる前に、セシリアがエミィに別れの挨拶をした。

「それじゃあ、またね。エミィちゃん」

「うん……バイバイ、セシリアちゃん」

セシリアとエミィが笑い合う。

なぜだろうか？　エミィの笑顔は寂しげに映った。

策謀と哀願と友達

スキルへの報告を任された俺とセシリアは、ティファニーが滞在しているホテルに向かった。

ホテルに着く頃には日が暮れていた。

「ティファニー＝レーヴェンの連れの者です。通話室を使わせていただきたいのですが……」

「かしこまりました。どうぞこちらへ」

フロントでセシリアが頼むと、対応した男性が腰を折り、俺たちをフロントの脇にある小部屋へと連れていく。

「こちらです」

「ありがとうございます」

「助かった」

案内してくれた男性に礼を言って、俺とセシリアは小部屋に入った。

四人入室するのがやっとというほど狭いこの小部屋は通話室と呼ばれるもので、遠方にある通話室へと己の声を送ることができるらしい。ホークヴァン魔導学校の演習場のように、設備そのものが魔導具になっているのだ。

通話室の中央には魔石が埋め込まれた台座がある。おそらく、この魔石には通信魔法の魔法式が組み込まれているのだろう。

セシリアが台座に手をかざし、魔力を送り込む。

台座が薄緑色に発光すると同時、通話室の内部に女性の声が生じた。

『はい。ホークヴァン魔導学校でございます』

「そちらに通っていますセシリア＝デュラムと申します。ホークヴァン校長とお話がしたいのですが、よろしいでしょうか？」

『セシリア様ですね。少々お待ちください』

女性が快く応じる。俺やセシリアから連絡があったら自分に取り次ぐよう、スキールが伝えていたのだろう。

一分ほど待つと、ドアの開閉音が聞こえ、続いてスキールの声がした。

『待たせたね、セシリアくん。イサム様もそちらにいらっしゃるのかな？』

「はい。隣に」

『例の件に進展があったのかい？』

『例の件』とは、当然ながら顕魔兵装に関することだ。

セシリアに代わり、「うむ」と俺が答える。

「顕魔兵装のありかを突き止め、いまさっき突入してきた」

『次第はいかがでしょう？』

「保有していた組織を潰し、顕魔兵装の奪取に成功した。まもなく破壊する予定だ」

『それはなによりです』

安堵の息をつき、スキールが続けた。

『順調に進んでいたようで安心しました。いままで連絡がなかったので、いかがされているのかと心配していたのですよ』

スキールの発言に、俺は違和感を覚えた。

眉をひそめつつ指摘する。

「連絡がなかった？　ティファニーが何度もしていたはずだが……」

『ティファニー？』

スキールの声が戸惑いの響きを帯びた。

『ティファニーとは誰でしょうか？』

「ティファニー＝レーヴェンだ。お前が同行者としてよこしてくれたではないか」

スキールの返答は予想だにしないものだった。

『私が同行を頼んだのはグレアムだけですよ？』

愕然とするほかにない。

俺とセシリアは言葉を失う。

「ど、どういうことでしょうか、イサム様？　ホークヴァン校長が送り出してくれた同行者がグレアムさんだけだとしたら、ティファニーさんは何者なのでしょうか？」

セシリアの瞳は困惑に揺れていた。

セシリアの心情はとてもわかる。俺もまた、不可解な現状に戸惑っているのだから。

戸惑いが深まり、胸騒ぎを呼び起こす。

俺の頭に疑問が浮かんだ。


――イサム様、セシリア様、ティファニー様、お待ちしておりました。スキール様より案内役を仰せつかりました、グレアム＝ゴードブルと申します。


初対面時、グレアムは俺たちにそう言った。

いま思い返せば、おかしな発言だ。

俺に対してならばわかる。

セシリアに対してならばわかる。

だが、なぜグレアムは、ティファニーに対して『お待ちしておりました』と言った？

グレアムとティファニーは案内役同士。ともに俺とセシリアを迎えに来た者たちだ。

だとしたら、『お待ちしておりました』と言うのはおかしい。挨拶くらい、対面時にすませていたはずなのだから。

俺は推察する。

スキールの言葉が真実だとすると、ティファニーは部外者だ。俺とセシリアがパンデムに向かう情報をどこからか入手し、グレアムに接触したと考えられる。

ティファニーは自分のことを『デュラム家の使い』とでも偽ったのだろう。そうしてグレアムを騙し、俺とセシリアを迎えに行った。

のちに、俺とセシリアを連れてグレアムと再合流。まんまと同行者になりすましたわけだ。

「……どうやら、俺たちは勘違いをしていたらしい。ここまでずっと、ティファニーに騙されていたようだ」

部外者にもかかわらず、ティファニーは俺たちの使命を知っていた。

顕魔兵装や『魔の血統』の存在も知っていた。

そのうえで同行者と騙《かた》り、俺たちの味方として接していた。

つまり――

「真の敵はティファニーだったのだ」

眉根を寄せて歯がみする。

ティファニーが敵だとしたら、現状は最悪だ。

顕魔兵装であるバンパー・アンデッドが、真の敵であるティファニーのもとにあるのだから。

問題はそれだけではない。

「真の敵がティファニーさんだとしたら、エミィちゃんは……」

「間違いなく危険にさらされるだろうな」

——わたしはウォルスさんについて行きます。イサムさんとセシリアちゃんには、スキール様への報告をお願いします。

——それから、協力してくれたお礼をしたいから、エミィちゃんにはわたしについてきてもらっていい？


俺とセシリアに別行動を取らせ、ティファニーはエミィを連れていった。

ティファニーの指示は、俺とセシリアを、バンパー・アンデッドだけでなくエミィからも引き剥がすためにしたものと考えられる。

すなわち、エミィまでもがティファニーに狙われていたということだ。

「は、早く助けないと！」

セシリアが血相《けっそう》を変えた。

俺もセシリアと同じ気持ちだ。

我が友、アレックスの子孫であるエミィが、敵であるティファニーとともにいる。毒牙《どくが》にかけられようとしている。

させぬ。

許さぬ。

友の子孫を害する者は、誰であろうと許さん。

憤怒《ふんど》の炎が燃え上がり、俺を修羅《しゅら》へと変える。

「行くぞ、セシリア。ティファニーの企みを潰す」

「はい！」

「スキール。急ぎの用ができた。すまないが切る」

『承知しました。お気をつけて』

聡明なスキールは、これまでの会話で、ある程度状況を察したらしく、なにも訊かずに俺たちを送り出してくれた。

通話室を飛び出した俺とセシリアは、ホテル内の人々が目を丸くするなか、疾風を用いて速度に乗った。


バンパー・アンデッドは、装着者ごとピースメーカーの本部に運ばれた。

ティファニーはウォルスについて行ったので、本来ならばピースメーカーの本部にいる。

だが、しかし——

「もぬけの殻ですね」

セシリアが悔しげに顔を歪める。

たくさんの団員がいたピースメーカーの本部には、いまや誰の姿もなかった。

「予想はしていたが最悪の事態だな」

俺は嘆息する。

ピースメーカーに協力を打診したのはティファニーだ。

そのティファニーが敵なので、ピースメーカーもグルだった可能性があると俺は予想していた。

俺の予想は的中したらしい。まったく喜ばしくないことだが。

「ピースメーカーは自警団でなく、『魔の血統』の組織だったということでしょうか？」

「うむ。あるいは、『魔の血統』の組織がピースメーカーの名を騙っていたやもしれぬな」

腹立たしさから、俺はガシガシと頭を掻く。

「ヘルブレアが『魔の血統』の組織だと思っていたが、実際はウォルスたちこそが『魔の血統』だったのだ」

状況から推測するに、ウォルスたちとヘルブレアは対立関係にあったのだろう。

ヘルブレアはウォルスたちのもとに新兵器が――顕魔兵装が運び込まれたことを知り、強奪したと思われる。

実際に矛《ほこ》を交えたからわかるが、ヘルブレアは実力者揃いだ。ウォルスたちは自分たちで顕魔兵装を取り返すのは骨が折れると判断したのだろう。

そこで、俺とセシリアを騙し、味方につけ、顕魔兵装を取り戻すためにヘルブレアと戦わせたのだ。

俺たちは利用されていた。ティファニーやウォルスの手のひらで踊らされていたのだ。

なんとも悔しいが、腹を立ててもなにも得られぬ。頭を切り替えて、現状の解決に注力せねばなるまい。

そう。怒りに思考を濁《にご》らせている場合ではないのだ。状況は最悪としか言えないのだから。

ティファニーの行方《ゆくえ》はわからない。

ウォルスたちの居場所もわからない。

当然ながら、バンパー・アンデッドとエミィの所在もわからない。

万事休すと言うほかにない。完全に手詰まりだ。

だが、諦めるわけにはいかぬ。

ティファニーやウォルスを逃すと、やつらはきっとまた悪行を働くのだから。

バンパー・アンデッドがやつらの手に渡ると、間違いなく人類の脅威になるのだから。

エミィを助けられなければ、アレックスに合わせる顔がないのだから。

ティファニーたちの居場所を突き止める手段は本当にないのか？　エミィへとたどり着く手がかりは本当にないのか？　考えろ。考えろ。考えろ。

深く深く、俺とセシリアは思考の海に沈んでいく。

しばしの黙考。

不意にセシリアが声を上げた。

「ダウジング・アミュレットです、イサム様！」

俺はハッとする。

ダウジング・アミュレットは、ヘルブレアの本拠地を探るべくゴールドラッシュに潜入した際、俺とセシリアが危険に遭遇した場合に備え、エミィが用意してくれた魔導具だ。

ダウジング・アミュレットは捜索用の魔導具。あらかじめ魂力を読み込ませておくことで、その魂力の主がいる方角を示してくれるらしい。

セシリアが胸ポケットからダウジング・アミュレットを取り出し、魔力を注ぐ。

ダウジング・アミュレットに埋め込まれた一二個の小石。そのうちのひとつに明かりが灯った。

「この光る小石の方向にエミィちゃんがいます！」

「でかした、セシリア！」

エミィの側にはティファニーとウォルスがいるので、エミィのもとを目指せばやつらの居場所も突き止められる。

暗中《あんちゅう》に光が差した思いだ。

「もちろんです！」

ダウジング・アミュレットは、俺たちの身を案じてエミィが用意してくれたもの。

恩には恩を。いまこそ、エミィの思いやりに報いるときだ。

「必ず助けるぞ」

俺とセシリアは頷き合い、ダウジング・アミュレットを頼りにして再び走り出した。

ダウジング・アミュレットを頼りにひたすら走り、俺とセシリアはパンデムの外れに来ていた。

視線の先にあるのは寂れた鉱山だ。

パンデムは魔石の特産地。おそらくあの鉱山は、魔石を採掘され尽くして手つかずになったものなのだろう。

枯れた鉱山を訪れる者はまずいない。ティファニーたちはあの鉱山を拠点にしているようだ。

突入を前に、俺はセシリアに問う。

「ここから先は死地《しち》だ。覚悟はできているか？」

「はい」

迷いなくセシリアが頷いた。

「エミィちゃんを助けるためなら、どんな戦いにも身を投じます。エミィちゃんはわたしの友達ですから」

普段は柔和なセシリアの面持ちがキリリと引き締まっていた。戦《いくさ》に臨《のぞ》む戦士の顔だ。

ならば、これ以上俺が言うことはない。

「行くぞ」

「はい！」

俺とセシリアは歩き出した。

向かうのは、鉱山に空いた洞窟だ。

一見ではわかりづらいが、洞窟の入り口にはふたりの見張りが立っている。

見張りたちが俺とセシリアに気づき、顔を強張らせた。

「け、『剣聖』が来たゾ！」

「総員、戦闘準備！」

見張りたちが、洞窟内にいるのだろう仲間に呼びかける。

いくつもの足音と、慌ただしい声が聞こえた。『魔の血統』たちが、俺たちと交戦する準備をしているのだ。

戦闘準備は着々と進んでいるだろうが、俺とセシリアは速度を変えない。一歩一歩を悠然と踏んでいく。

やつらが戦闘態勢を整える前に叩けば楽に制することができるだろう。

だが、俺はあえてやつらに時間を与えた。

全力で立ち向かってきたやつらを、完膚《かんぷ》なきまでに叩き潰すつもりだからだ。

どう足掻《あが》いても敵わないと、やつらに思い知らせるつもりだからだ。

俺とセシリアが洞窟の目前まで来たときには、三桁に達するだろう『魔の血統』たちが陣形を敷いていた。

その中央にいるウォルスが、警戒の眼差しを俺たちに向ける。

「まさか、ここを突き止めるとは思ってなかったッスヨ」

「エミィの思いやりが俺たちを導いてくれたのだ」

俺が言い、セシリアがダウジング・アミュレットを掲げた。

「余計なことを……」とウォルスが毒づく。

「お前たちは手を出してはいけない者に手を出した。我が友の子孫を手にかけようとした。決して許されることではない」

俺は刀の柄に手をかけた。

「容赦はせんぞ!!」

凄む。

俺の圧に怯えたのか、背後にある林から、鳥たちが一斉に飛び立つ音がした。

ウォルスたちも俺の圧に当てられ、顔面蒼白《そうはく》になっている。

「ひ、怯むナ！　『剣聖』といえど相手はふたり！　こちらは何人いると思っていル！」

明らかに怯えながらも、ウォルスが仲間たちを鼓舞した。

徹底抗戦か。

望むところだ。

刃向かうなら、斬る。

俺が刀を、セシリアがセイバー・レイを抜き放つ。

同時、ウォルスがわ側の魔銃士たちが、俺とセシリアに銃口を向けた。

「撃テェエエエエエエエッ!!」

号砲のごとく、魔銃が一斉に火を噴いた。

火球《かきゅう》が、水弾《すいだん》が、風刃《ふうじん》が、土杭《つちくい》が、雷槍《らいそう》が、氷棘《ひょうきょく》が、光牙《こうが》が、毒流《どくりゅう》が。

少なくとも五〇はあるだろう、ありとあらゆる元素が、俺たち目がけて飛来する。

無駄だ。

「疾《し》っ！」

閃く刃。

走る無数の剣条《けんじょう》。

一瞬のうちに連続で破魔を繰り出し、魔銃の一斉放火を難なく凌ぐ。

だが、凌がれることは想定内だったらしい。

破魔によりクリアになった視界に魔剣士たちが映る。

彼らはすでに接近を終えていた。魔銃の一斉放火。その真の目的は、魔剣士たちの隠れ蓑《みの》だったのだ。

「殺《と》っタァアアアア!!」

魔剣士のひとりが魔剣を横薙ぎに振るった。

灼熱《しゃくねつ》の炎を伴う斬撃が俺に襲いかかる。

「甘い」

俺はただ一歩後ろに下がった。

斬撃が俺の目前を通り、空振りに終わる。

間合いを完全に見切り、最小限の動きで回避したのだ。

魔剣士が目を剥く。

そのときには、俺の刀が魔剣士の胸を裂いていた。

「「「テメェ!!」」」

仲間をやられて激昂《げきこう》したのか、一気に三人の魔剣士が斬りかかってくる。

数で押すつもりか。いいだろう。真っ向から受けて立とうではないか。

俺は魂力を練り、全身にまとわせた。

剛により膂力を上げ、刀を脇に構え、振り抜く。

「破《は》ぁっ！」

さながら竜巻。

猛然と振るわれた刃は三本の魔剣を断ち、三人の魔剣士をまとめて吹き飛ばした。

「クソッ！　ちっとも歯が立たネェ！」

「『剣聖』は後回しダ！　まずはこっちのガキを潰すゾ！」

魔剣士たちの狙いがセシリアに向けられる。

六人の魔剣士が俺を取り囲み、四人の魔剣士がセシリアへと駆け迫った。

俺を足止めしているあいだにセシリアを倒す算段のようだ。

「そいつは魔王様の『器《うつわ》』ダ。殺すなヨ」

「わかってるサ。だが、手足の一、二本は勘弁してくれヨ」

口端をつり上げながら、魔剣士たちがやり取りをする。

『聖女』マリーの血を濃く継いだセシリアを、『魔の血統』たちは、魔王の魂の器として利用するつもりでいる。

ゆえに、『魔の血統』たちはセシリアを殺められない。だが、殺めさえしなければなにをしても構わないと考えているようだ。

セシリアに迫る魔剣士たちはニヤニヤ笑いを浮かべている。セシリアにならば楽に勝てるとでも思っているのだろう。

対し、セシリアは静かに瞼を伏せ、ゆっくりと呼吸した。

セシリアの丹田で魂力が練られ、両脚に集う。

同時、セイバー・レイの刀身がオレンジ色のオーラに包まれた。

セシリアが瞼を上げる。

「参ります」

刹那、セシリアの姿がブレた。

「「「……は？」」」

セシリアを襲おうとしていた魔剣士たちが間の抜けた声を漏らす。

セシリアが駆け出した。

目にもとまらぬその速度に、魔剣士たちは対処ひとつできない。
疾風を用いたセシリアは、魔剣士たちのあいだを縫うようにすり抜けていった。
絹のごとき滑らかさ。蝶のごとき優雅さ。風のごとき素早さ。
魔剣士たちの脇をすり抜けるたび、セシリアはセイバー・レイを閃かせる。
セシリアが最後の魔剣士の脇を通る。
残心《ざんしん》。
血しぶきをまき散らし、四人の魔剣士が倒れ伏した。
俺を取り囲んでいる六人の魔剣士が愕然とする。
「「「「なぁっ!?」」」」
「セシリアを侮《あなど》るとは愚かな。『剣聖《おれ》』の自慢の弟子だぞ」
ついでに忠告しよう。
「油断は禁物だ」
刀を横に薙ぐ。
新たに六人の魔剣士が脱落した。
数多の斬撃が振るわれる。
幾多もの銃撃音が響く。
だが、その一切が俺たちには届かない。
魔剣士が次々と斬り伏せられ、魔銃の銃撃はことごとく打ち消される。

「ど、どうなってんだヨ……こっちは一〇〇人以上いるんだゾ？　相手はたったふたりなんだゾ？　なのに、どうしてこっちがやられてんだヨ……手も足も出ないんだヨ……」

魔銃士のひとりがカチカチと歯を鳴らす。

顔色が絶望に青ざめ、魔銃を握る手はカタカタと震えていた。

やつらは間違えたのだ。

俺たちの逆鱗《げきりん》に触れてしまったのだ。

『剣聖』とその弟子に敵うわけがない。

俺とセシリアを怒《いか》らせて、ただで済むわけがない。

怯える魔銃士に向かい、俺は駆ける。

「アアアァァアアアァァアアアアァァアアアァアアアアアアッ!!」

魔銃が乱射された。

迫り来る水弾。

破魔。

告げる。

「もう一度言おう——容赦はせぬ」

斬り捨てる。

迎え撃ってきた『魔の血統』をすべて倒し終え、俺とセシリアは洞窟内に入っていった。

洞窟を進むと、やがて円形の広場に出た。

目測で、直径およそ二〇〇メトロ。頭上が開けており、すっかり日が沈んだ空では月が玉座についている。

広場の中央にはエミィとティファニーがいた。

ティファニーの両腕には、翼と剣が一体化したような兵器が装着されている。魔族核が埋め込まれているのを見るに、顕魔兵装に違いない。

同じく、エミィも顕魔兵装を身につけていた。右腕に装着する大砲。俺たちが破壊しようとしていたバンパー・アンデッドだ。

俺とセシリアの登場に、ティファニーが眉をひそめる。

「厄介な相手が来たものね。どうやってこの場所を嗅ぎつけたの？」

「エミィちゃんがダウジング・アミュレットをくれましたから」

セシリアがダウジング・アミュレットを見せると、ティファニーの顔が苛立たしげに歪んだ。

「なにしてんのよ、このクズ！」

「うぐ……っ」

罵声《ばせい》とともに、ティファニーがエミィの腹部を蹴りつける。

ティファニーの蛮行《ばんこう》にセシリアが憤った。

「わたしの友達に乱暴したら、ただでは済ませませんよ！」

「なに？　美しい友情ってやつ？　いいわねぇ」

嘲《あざけ》るように口端をつり上げ、「けど」とティファニーが続ける。

「その友情も今日ここまでよ。これはあなたたちと相容れない存在なのだから」

ビクリ、とエミィの肩が跳ねた。

「相容れない存在？」

「ええ。そうよ」

訝しむセシリアに、ティファニーがニヤニヤ笑いを浮かべながら告げる。


「エミィ＝アドナイは『魔の血統』なの」


セシリアが言葉を失う。俺もまた戸惑わずにはいられなかった。

エミィが……アレックスの子孫が『魔の血統』だと？

俺たちの反応を面白がるようにクスクスと笑みを漏らし、ティファニーが語る。

「魔王討伐の報奨としてアドナイ家は上級貴族になったけど、魔導社会になったことで急速に地位を落としていったわ。強靭《きょうじん》な肉体こそ持つものの、アドナイ家の者は魔法の才能に乏《とぼ》し

かったから」

武技の腕や身体能力は超一流だったが、アレックスは魔法を不得手《ふえて》としていた。アレックスの子孫も同じらしい。

「当時のアドナイ家当主は栄光から転げ落ちていくのに耐えられなかったみたいでね。力を欲したのよ」

「その手段として魔族と交わったのか」

「ええ。おかげで彼の子孫は魔法の才に秀でていた。アドナイ家の地位も回復したわ」けど、

「アドナイ家の栄光もそこまで。魔族と交わったことがバレて貴族位を剥奪されたの」


――あー……悪ぃな。詳しいことは俺たちにもわからねぇんだ。


なぜアドナイ家から貴族位が剥奪されたのか尋ねたとき、ギースは気まずそうにそう返した。

おそらくギースは、先祖が魔族と交わったことを知っていたのだろう。知ったうえで隠していたのだ。

勇者パーティーの一員が魔族と交わったなど、世界を揺るがすほどの大事件だ。国民の混乱を招かぬよう、当時の王家はこの事実をもみ消したと思われる。

アドナイ家の者にとって、先祖が魔族と交わったことは秘《ひ》さねばならない汚点なのだ。

「貴族位を剥奪された後《のち》、アドナイ家はふたつの派閥に分かれたわ。魔族との交わりを間違いだったとする派閥と、正しかったとする派閥にね。最終的に勝利したのは反対派。正当を主張していた派閥は一族を追放されたわ」

語るティファニーは忌々しげに歯を軋《きし》らせていた。

秘匿事項《ひとくじこう》だろうアドナイ家の真実を知っていることや、憤懣《ふんまん》と憎悪が混じったこの表情から推測するに――

「ティファニー。お前はアドナイ家から追放された一族の子孫だな？」

「賢《さか》しいわね、イサムさん。その通りよ」

ティファニーはアドナイ家の事情を知っている。エミィが『魔の血統』であることを知っている。

そのうえで――

「お前はなにを企んでいる？　なぜエミィを利用しようとしている？」

ティファニーが口を裂くように笑った。

「『オルディス』様の顕現《けんげん》よ」

「オルディス……『死の魔将』か」

俺は苦虫を噛み潰したような顔をする。

オルディスは三番目に勇者《お》パ《れ》ーテ《た》ィー《ち》と戦った、十二魔将の一角。死者の魂を喚《よ》び出し、己の力とする特殊能力を持つことから、『死』の文字を異名に冠《かん》していた。

俺は察する。

「アドナイ家が交わったのはオルディスの末裔《まつえい》だったわけか」

「ご明察。腹立たしいことに、これはオルディス様の血を濃く継いでいてね。器にするにはちょうどいいのよ」

ティファニーがエミィに向ける眼差しは、黒い炎が宿っているように禍々《まがまが》しいものだ。

ティファニーは、魔族との交わりを是《ぜ》とした者の子孫。オルディスの血を誇りに思っているのだろう。

ゆえに、自分たちを追放した、アドナイ家の子孫であるエミィが、オルディスの血を濃く継いでいることが許せないのだ。嫉妬《しっと》せずにはいられないのだ。

「バンパー・アンデッドに使用されている魔族核はオルディス様のもの。魔族核に意思が宿っているのは知っているでしょう？　魔族核と血が揃うことで、オルディス様は再びこの世界に顕現するのよ」

ティファニーが恍惚《こうこつ》とした表情をした。

顕魔兵装は装着者の肉体や意識を乗っ取る。オルディスの血を濃く継いだエミィに装着させることで、オルディスの意識を完全に復活させる。それがティファニーの狙いのようだ。

抵抗していないことから考えるに、エミィは脅《おど》されているのだろう。逆らえば、ギースとアンが害されるといったところか。

ティファニーの狙いはわかった。しかし、ひとつわからない点がある。

なぜここにオルディスの魔族核がある？　勇者《おれ》パーティー《たち》がオルディスを討伐した際、たしかに破壊したはずだが……。

「ごめん、なさい……イサムさん、セシリアちゃん」

俺が疑問を得るなか、エミィが謝ってきた。

エミィの声は掠《かす》れ、灰色《ヘマタイト》の瞳には涙が滲んでいる。

「あたし……ずっと、あなたたちを騙してた。ティファニーさんたちの企みを知ってたのに、黙ってた。ヘルブレアの構成員を脱走させたりして、邪魔してた」

ヘルブレアの本拠地を探るためにカジノに潜入したが、本来その必要はなかった。俺たちはヘルブレアの構成員を捕らえていたからだ。

しかし、ホワイトガードの留置場から脱走されたことで、やつらから本拠地の場所を聞き出すことはできなくなった。

あのとき、構成員たちを逃がしたのはエミィだったらしい。

おそらく、ピースメーカーとホワイトガードが共同捜査をしないようにするためだろう。

ピースメーカーは『魔の血統』たちの偽りの姿。本物の自警団であるホワイトガードに接触されては正体がバレかねんからな。

「もう、あたしの意識、薄れてる……あたしが乗っ取られたら、あなたたちを襲ってしまう。人類の敵になってしまう」

「だから」と、胸を締め付けられるほど悲痛な表情で、エミィが懇願《こんがん》してきた。

「あたしごとオルディスを倒して……あたしは、どうなっても構わないから」

思い出す。

セシリアと友達になったとき、エミィの笑みにはほろ苦さが含まれていた。

あれは、自分が『魔の血統』であることを隠している、後ろめたさによるものだったのだ。

ヘルブレアを壊滅させたあと、別れ際にエミィはひどく寂しそうに笑った。

あれは、自分がオルディスの器になるとわかっていたからだったのだ。

エミィは知っていたのだ。自分が、友達になったセシリアと、ともにいられないことを。

思わず拳を握りしめる。

親孝行のためにホワイトガードの団員になろうと、エミィは日々努力していた。

髪留めをなくしたセシリアのため、楽しみにしていた映画を諦めて、エミィは俺たちとともに探してくれた。

俺とセシリアを心配して、ダウジング・アミュレットを用意してくれた。

エミィは心優しい子なのだ。

それなのに、どうしてこのような理不尽に遭わなくてはならない!?　どうしてこんなにも悲しい願いをしなければならない!?

「嫌です」

俺が憤るなか、セシリアが首を横に振った。

自分の願いを突っぱねられたからか、エミィが泣き出しそうな顔をする。

セシリアの言葉は終わりではなかった。

「エミィちゃんを犠牲になんてしません。必ず助けます」

凛々《りり》しさのなかに優しさを宿しながらセシリアが誓う。

エミィが目を見開いた。

「どう、して？　あたしは、セシリアちゃんを騙してたんだよ？」

「そんなの決まってるじゃないですか」

セシリアが穏やかに微笑む。

「友達を助けるのは当然です」

エミィが息をのんだ。


――ありがとうございます、エミィちゃん。

――ううん。友達を助けるのは、当然。


カジノのスイートルームでヘルブレアの刺客《しかく》に襲われた際、セシリアを庇ったエミィが口にした言葉。それをセシリアはエミィに贈った。

『今度はわたしが助ける番』との意を込めて。

「友達？　まだそんな幻想を見てるの？　これは『魔の血統』。人間《あなたたち》の敵なのよ？」

エミィとセシリアの友情を壊せなかったのが腹立たしいらしい。吐き捨てるようにティファニーが指摘する。

セシリアが答えた。

「わたしたちが戦っているのは世界の脅威を取り除くためです。エミィちゃんが人々に害をなしたでしょうか？　迷惑をかけたでしょうか？　エミィちゃんと敵対する理由がどこにありますか？」

エメラルドの瞳はどこまでもまっすぐだ。

「ヘルブレアがそうだったように、人間のなかにも悪は存在します。逆に言えば、『魔の血統』のなかにも善は存在するはずです」

断固たる態度でセシリアが告げる。

「『魔の血統』だろうと関係ありません。エミィちゃんはエミィちゃん。わたしの友達です」

「正義ぶってんじゃないわよ、偽善者」

ティファニーが舌打ちした。

ティファニーは、俺とセシリアがエミィを見限ることを期待していたらしい。エミィが『魔の血統』であると明かしたのもそのためだろう。

見くびるなよ、ティファニー。セシリアとエミィの友情は、その程度で壊れるほど柔《やわ》ではない。尊く、美しく、固いものなのだ。

エミィの瞳から涙がこぼれ、頬を伝う。

救われたようにエミィが頬を緩めた。

「ありがとう、セシリアちゃん……大好き、だよ」

その言葉を最後に、エミィが瞼を伏せる。

瞼を上げたとき、エミィがまとう空気は一変していた。

王者のごとき厳《おごそ》かな圧。

内気そうだった表情も、威厳のあるものに変容している。

「……まさか再び相まみえるとはな。思いもよらなかったぞ、『剣聖』」

「同感だ、オルディス」

声こそエミィのものだが、中身は明らかに別物。

『死の魔将』オルディスが顕現したのだ。

ティファニーがオルディスの足下にひざまずく。

「ご回生《かいせい》、お祝い申し上げます。お目にかかれる日を心待ちにしておりました」

「そなたが我《われ》を呼び覚ました者だな？　大義であった」

「もったいないお言葉でございます！」

ティファニーの体は震えていた。崇拝《すうはい》する先祖に労われたことに歓喜しているのだろう。

「なかなかに魔力を秘めているな。いい器だ。気に入ったぞ」

「気に入ったところ悪いが、その子はセシリアの大切な友人なのだ」

満足げに口端を上げるオルディスに、俺は眼差しを鋭くした。

「世界はようやく平和を手に入れた。ゆえにオルディス。俺はお前の存在を看過できん」

刀の切っ先をオルディスに向ける。

「ロランたちに代わり、俺がお前を討つ。エミィを返してもらうぞ」

「オルディス様に失敬な口を利くなぁあああああああ!!」

俺の態度に激怒したティファニーが地を蹴った。ひざまずいた体勢からのスタートにもかかわらず、その速力はまるでハヤブサだ。

ティファニーは加速の魔法式が組み込まれた魔剣を使っていたが、そのときよりも遙かに速い。ティファニーが装備している顕魔兵装の効果だろう。

瞬きのあいだにティファニーは俺に肉薄していた。

左の刃でティファニーが斬りかかってくる。

俺は微動だにしなかった。

「あなたの相手はわたしです!」

セシリアが庇ってくれるとわかっていたからだ。

セイバー・レイの剣身がティファニーの刃を受け止める。

ティファニーが目を剥くなか、セシリアが両腕に魂力をまとわせた。

「はぁあああああああっ!」

剛により膂力を引き上げ、つばぜり合いの体勢からセイバー・レイを振り抜き、セシリアがティファニーを弾き飛ばす。

ティファニーが歯を軋らせた。

「小娘が……っ」

「イサム様！　わたしはティファニーさんの相手をします！　オルディスを倒してエミィちゃんを助けてあげてください！」

「心得た」

俺の返答に微笑んだ後、再び表情を引き締め、セシリアがティファニーと交戦すべく駆けていく。

ひとつ深呼吸。

俺はオルディスを見据えた。

「エミィは我が友の子孫。お前に渡すわけにはいかぬのだ、オルディス」

「はじめは、この器の試しといこうか」

オルディスがバンパー・アンデッドを夜空に掲げる。

バンパー・アンデッドの砲口から三つの光弾が放たれた。

光弾は天へと飛んでいくことはなく滞空し――突如として爆発するように膨れ上がった。

膨れ上がった光弾から、鳳《おおとり》のごとき両翼が広がる。

翼を得た光弾は、その姿を四足獣へと変えていった。

鷲《わし》の頭部。獅子《しし》の胴体。鋭いかぎ爪を持つ前足は猛禽のもの。
天空の猛獣『グリフォン』だ。
グリフォンの一体が甲高《かんだか》いいななきを上げ、翼をはためかせる。
びょうびょうと風が荒れ狂い、刃となって放たれた。
飛来した風刃を、俺は右へ跳んで回避する。
直後、豪速で迫ってきたグリフォンが前足を振るった。
ナイフよりも鋭い爪が、俺を掻き切らんとする。
対し、俺は刀で半月を描いた。
グリフォンの爪の側面に刀身を添える。
いなし。
刀の動きに従えられたかのごとく、グリフォンの爪が軌道を変え、虚空を薙いだ。
グリフォンの攻撃は終わらない。
鷲の頭部を突き出し、くちばしで俺を貫こうとする。
俺は右脚を軸にして反時計回りにターン。
くちばしによる刺突をすれすれで躱し、ターンの勢いのままに刀を振るう。
「まずは一体」
一閃。
破魔。

逆風の太刀。

グリフォンの頭部が跳ね飛び、灯火《ともしび》が吹き消されるように消滅した。

続いて二体目のグリフォンが降下してきた。

矢のごとく迫り来るグリフォンに対処するべく、俺は刀を八相《はっそう》に構える。

グリフォンの体が煌々《こうこう》と輝き出したのはそのときだ。

俺は思い出す。

ホークヴァン魔導学校の演習場にて相対したエヴィル・クリムゾン。やつの分身体がこのグリフォンのように輝いた際、起こったのは紅蓮《ぐれん》を伴う爆発だった。

あのグリフォンはもともと、バンパー・アンデッドから放たれた光弾だ。必然、砲弾としての効果も有していると推測される。

ならば、グリフォンが輝いているのは――

「自爆攻撃か！」

察し、俺は後方に飛び退った。

直前まで俺がいた場所にグリフォンが突っ込む。

炸裂。

秘められたエネルギーが解き放たれ、青白い爆発が生じた。

大気が揺さぶられ、大地が震撼する。

鼓膜をつんざくほどの轟音。

視界を染め上げるほどの光量。

その爆光《ばくこう》を突き破り、三体目のグリフォンが突進してきた。

二体目のグリフォンによる自爆攻撃。その目的は目くらまし。本命は、三体目のグリフォンによる突進だったのだ。

後方に跳んでいるため、俺の重心は後ろに傾いている。この体勢ではグリフォンの突撃を避けられない。

グリフォンが俺を突き殺すべく速度を上げる。

「そう来るだろうと思っていたぞ」

焦らない。

グリフォンの突進を予測していたからだ。

二体目のグリフォンは、俺に接近するやいなや自爆攻撃を仕掛けてきた。

だが、本来、自爆攻撃は最終手段。初手で繰り出すものではない。狙いがあるのは明白。

三体目のグリフォンがいることを加味すると、やつらの狙いは連係攻撃だろう。はじめからやつらは、二体掛かりで俺を仕留めようとしていたのだ。

わかっていた。

ゆえに、冷静に対処する。

迫るグリフォンに向け、俺はまっすぐ刀を突き出す。

審眼を用いて動体視力を強化。スローモーションになった視界のなか、グリフォンのくちばしに刀の腹を添えた。

手首を返し、同時に腕を振り上げる。

いなし。

グリフォンの頭部がはね上げられた。

グリフォンの眼《まなこ》が驚愕に剥かれる。

俺は刀を返し、無防備にさらされたグリフォンの喉元に斬り込んだ。

「破《は》ぁっ！」

破魔。

魔力の要《かなめ》を断たれ、グリフォンが消滅する。

「流石は『剣聖』。見惚れるほどの太刀捌《さば》きよ」

三体のグリフォンがあっけなく倒されたにもかかわらず、オルディスが口にしたのは賞賛だった。

その口元に浮かぶのは笑み。笑みが意味するのは余裕。

オルディスは己の力に絶対の自信を持っている。やつの余裕はそれゆえだ。

「試しは終わりだ。本番と行こうではないか」

オルディスの笑みが深まる。

同時、オルディスの周囲に青白い火の玉が浮かんだ。

その数は五〇〇を下らない。

浮かんだ火の玉は、先ほどの光弾と同様、モンスターのかたちに変わっていった。

グロテスクな顔つきをした小鬼『ゴブリン』。

石製の角張った巨体を持つ『ゴーレム』。

長い鉤鼻《かぎばな》を持つ、でっぷりとした巨人『トロール』。

三角帽を被り、スコップを手にした小人『ノーム』。

パンデムへの道中、魔導機関車の旅路で遭遇した、最硬のドラゴンこと『オアー・ドラゴン』の姿もある。

俺は顔をしかめた。

「『魂魄隷従《ピース・ザ・デッド》』か」

「左様《さよう》。この鉱山を開発する際に討伐された、モンスターの魂を呼び寄せた」

『魂魄隷従』はオルディスの特殊能力。死者の魂を呼び寄せて配下とする術。呼び寄せた魂を取り込み、己の力を増幅させることも可能だ。

五〇〇を超える配下を従え、オルディスが嗜虐《しぎゃく》的に口端をつり上げる。

「さあ！　死合おうではないか、『剣聖』！」

「望むところだ、オルディス」

わたし――セシリア＝デュラムは苛烈な剣戟にさらされていた。

斜め上から振り下ろしの斬撃が見舞われる。

わたしはセイバー・レイを構えて凌ぐ。

直後、わたしの視界から斬撃の主が消えた。

瞠目するなか、背後から聞こえる風切り音。

反射的に身を屈《かが》めると、寸前までわたしの首があった場所を刃が通過していった。

連撃は終わらない。

首狩人《くびかりにん》は身を翻《ひるがえ》し、宙を旋回。縦に円を描き、死鎌《しにがま》のごとき一閃を放つ。

バックステップで回避すると、地面に残痕《ざんこん》が走った。

「手も足も出ないみたいね、セシリアさん！」

攻撃の手を一旦緩め、ティファニーさんがわたしを見下ろす。

セイバー・レイは届きそうにない。ティファニーさんは宙に浮いているからだ。

ティファニーさんが装着している顕魔兵装――『ルーラー・テンペスト』は飛翔能力を有していた。

ティファニーさんは縦横無尽に空を駆け、風のごとき速度で斬撃を繰り出してくる。まるで嵐のなかにいる気分だ。

「残念でしょうけど容赦するつもりはないの。一気に決めさせてもらうわ！」

ルーラー・テンペストの両翼が広がった。

大気が爆《は》ぜる。

大気の爆発を推進力として、ティファニーさんが突っ込んできた。その速度はわたしの疾風すらも凌駕《りょうが》している。

右から、斜め上から、背後から、左から——人間にはできないような方向転換を繰り返し、ティファニーさんが斬撃を繰り出してきた。

息もつかせぬ連続攻撃。

わたしは神経を張り詰めさせ、ギリギリで防ぎ、凌ぎ、避ける。

一瞬でも気を抜けば死は免《まぬが》れない。何度となく間一髪が続く。

極限のプレッシャーにより、わたしの全身は汗まみれになっていた。

それでも、いまは耐えるときです！

ふっ！　と強く息を吐き、さらなる集中へと沈む。

審眼を全開にして、無限に続くような斬撃を凌いでいく。

「防戦一方ね！　ほら！　ちょっとは反撃してみなさいよ！」

頬をつり上げながらティファニーさんが挑発してきた。

乗らない。

防御のみに意識を割《さ》き、振るわれる刃をひたすら防ぐ。

「このままじゃ負けちゃうわよ！　一矢《いっし》報いたらどう⁉」

なおもティファニーさんが挑発してきた。

乗らない。

防御のみに意識を割き、振るわれる刃をひたすら避ける。

ティファニーさんが歯を軋らせた。

「なにスカしてんのよ、小娘が!!」

上空に舞い上がり、ティファニーさんが両の刃を振るう。

大気が唸り、風の刃が無数に放たれた。

さながら蜘蛛《くも》の巣のごとき、風刃の網。

わたしは審眼と疾風を併用し、風刃の網に抗った。

豪雨のように乱れ来る風刃を、高速のステップワークで回避する。

大地がえぐれ、破片が舞い、それすらも切り刻まれ、砂煙が発生した。

完全には避けきれず、わたしの肌にはいくつもの裂傷が刻まれる。

歯を食いしばって痛みに耐え、なんとかわたしは風刃の網をやり過ごした。

砂煙が晴れる。

いくつもの傷を負ったわたしを見て、ティファニーさんがにやりと笑う。

が、その笑みは続かなかった。『聖母の加護』によって、わたしの負った傷が見る見るうちに癒えていったからだ。

「しぶといやつ……とっとと諦めなさいよ!!」

ティファニーさんは明らかに苛立っていた。

防御に徹する選択が間違いではなかったと、わたしは確信する。

焦《じ》れる気持ちはわかります。追い詰められていたのはわたしだけじゃなく、ティファニーさんもだったのですからね。

ティファニーさんの連続攻撃は苛烈を極めた。わたしには凌ぐだけで精一杯だった。

しかしそれは、どれだけ攻めようと凌ぐことはできるという意味でもある。

全力をもってしても、わたしを仕留めることができない。きっとティファニーさんは焦ったことだろう。

だからこそ、わたしを挑発してきたのだ。わたしに反撃させて、隙を作らせようとしたのだ。

ティファニーさんの思惑にわたしは気づいていた。だから挑発に乗らず、防御に徹した。

つまりは我慢比べなのだ。我慢の限界を迎え、強引な攻めに出たほうが不利に陥《おちい》る。

わたしはこの勝負の勘所《かんどころ》を見極めていた。

だから、笑ってみせる。

ふてぶてしく笑って、ティファニーさんの苛立ちをあおり立てる。

「諦めさせたかったら、やってみせてください」

「舐めてんじゃないわよぉおおおおおおおおおおおおおおおお!!」

ティファニーさんが激昂し、突撃してきた。

我慢比べはわたしの勝ち。天秤《てんびん》が傾いた。

ティファニーさんが右の刃を振りかぶる。

落下の勢いを乗せて斬撃を放つつもりだ。

それを待っていました！

わたしはセイバー・レイを掲げ、膝をわずかに曲げて重心を落とす。

ティファニーさんが刃を振り下ろした。

刃が迫るなか、わたしは剛により膂力を高め、審眼によりタイミングを見極める。

剣身に刃が触れた瞬間、わたしはセイバー・レイを傾けた。

刃がセイバー・レイの剣身を滑る。

受け流し。

斬撃の向きを変えられ、ティファニーさんの体勢が崩れた。

ティファニーさんが瞠目して――

「あなたの考えくらいお見通しよ」

ニタリと笑う。

ティファニーさんが滞空したままぐるりと一回転した。

本来、体勢を崩したのなら地面に倒れるほかにない。しかし、ルーラー・テンペストの飛翔能力を用いれば、宙に留まることができる。

ティファニーさんは、体勢を崩したことによる隙を飛翔能力で強引に潰し、わたしに追撃を見舞おうとしているのだ。

「オアー・ドラゴンとの一戦で受け流し《そのわざ》は見ている！　おまけにあんなにもわかりやすく構え

られたら、狙いなんて丸わかりよ！」

嘲笑とともに、ティファニーさんが左の刃を振るう。

縦の回転斬りが繰り出された。

狙いはわたしの左腕。食らえば、『聖母の加護』でも癒やせない重症を負う。

「経験不足が徒《あだ》になったわね、セシリアさん！　痛い目を見て後悔するといいわ！　オルディス様に逆らった愚かさをね！」

わたしの腕を斬り落とさんと刃が迫る。

わたしが浮かべたのは笑みだった。

「・・・・・・ようやく欺けました」

一歩分のサイドステップ。

振るわれた刃が空《くう》を切る。

ティファニーさんが愕然とした。

「なっ!?　い、いまのタイミングで避けられるはずが……!!」

「ええ。気づいてから動いたのでは避けられなかったでしょう」

「なら、どうして……っ」

「簡単です。攻撃されることがわかっていたからですよ」
・・・・・・・・・・・・・・・・・・・・・・・・・・
ティファニーさんが突撃してきたとき、わたしは受け流しのためにセイバー・レイを構えた。

受け流しをすることが見え見えなほどわかりやすく。

オアー・ドラゴンとの戦いで受け流しを見ているティファニーさんは、今回も使うつもりだと察するだろう。

そのうえで、狡猾なティファニーさんはこう考えるはずだ――『受け流しが成功すれば相手は油断する。油断したところをつけば確実に倒せるだろう』と。

ティファニーさんがハッとする。

「まさか……受け流しを餌にして、わたしの攻撃を誘ったっていうの!?」

「はい。上手くいってよかったです」

以前、イサム様から『意地悪になればセシリアはさらに伸びる』とのアドバイスをいただいた。『実戦では相手を出し抜く狡猾さも必要になる』と。

我ながら、随分と意地悪になったと思う。イサム様から教えをいただかなければ、この境地にはたどり着けなかっただろう。

イサム様に感謝しながら、わたしは右脚を一歩引いた。

その足を軸に回転。

同時にセイバー・レイを脇に構え、回転斬りの体勢に入る。

受け流しで崩した体勢を整えるため、ティファニーさんは宙での一回転を行った。

そのおかげでわたしへの追撃を繰り出せたが、強引すぎる動きによりバランスは完全に乱れている。

わたしの回転斬りを、ティファニーさんは避けられない。

「やられはしないわ!!」

回避は不可能だと悟ったティファニーさんが、両の刃を体の前でクロスさせた。

刃に風が集い、渦巻き、圧縮されていく。

結果、風は高密度の空気層となり、刃にまとわりついた。並大抵の斬撃では傷ひとつつけられない。それどころか、逆にセイバー・レイ《こちら》が断たれるだろう。

「無駄です」

それでもわたしは確信していた。

この一撃を、ティファニーさんは防げないと。

丹田で練った魂力をセイバー・レイの剣身にまとわせる。

思い描くのは、魂力により刃が研ぎ澄まされていくイメージ。

武具の威力・耐久力を上げる武技『錬』。

そう。今日までの鍛錬で、わたしは錬を修得していたのだ。

剣身にまとわせた魂力により、セイバー・レイのオーラが色味を変えた。鮮やかなオレンジ色から、まばゆいばかりの黄金色へと。

それは、イサム様をして「『剣聖《おれ》』の一太刀に等しい」と言わしめた剣戟。

最硬すらも斬り伏せる絶対の斬撃。

わたしはセイバー・レイを振り抜いた。

「『金剛両断《こんごうりょうだん》』!」

一文字。

金色の剣閃。

ルーラー・テンペストの双刃《そうじん》があっさりと断ち切られた。

「バカな……っ!!」

信じられないとばかりに、ティファニーさんが顔を強張らせる。

騙されていたとはいえ、味方だと思っていたティファニーさんを斬るのは複雑だ。

それでもためらってはいられない。ティファニーさんは紛れもなく敵なのだから。

心を鬼にして、わたしはセイバー・レイを上段に掲げた。

「これで終わりです！」

袈裟懸けの一撃。

ティファニーさんの体に斜めの残痕が走る。

「が……ぁ……っ!!」

ぐるりと白目を剥き、ティファニーさんが倒れ伏した。

ふぅ、と息をつくと同時、全身に疲労がのしかかってきた。一瞬の油断も許されない状況で斬撃を凌ぎ続けていたのだから、仕方ない。

「けど、休んでいる暇はないんです」

荒くなった息を整え、上着の袖で顔の汗を拭い、わたしは振り返った。

視線の先には、五〇〇は下らないだろうモンスターの群れ。

そのなかで刀を振るい続けるイサム様の姿。

イサム様が敗れるとは思えない。けれど、イサム様が相対しているのは、かつて勇者パーティーを苦しめた魔将《ごせんぞさまがた》だ。わたしがどれほどの力になれるかはわからないけど、黙って見ていることなんてできない。

「それに、エミィちゃんを助けるって約束しましたからね」

キッと眉を上げ、わたしはイサム様に加勢するべく走り出した。


駆ける。

ゴブリンが棍棒《こんぼう》を振り上げ、俺を打ち据えようとする。

加速して、棍棒が振り下ろされるより先にゴブリンを斬り伏せる。

駆ける。

巨大な手を伸ばし、トロールが俺を握りつぶそうとする。

迫る手を斬り落とし、すれ違いざまにトロールの上半身と下半身を分断する。

駆ける。

ノームが地面から土杭を隆起《りゅうき》させ、俺を刺し殺そうとする。

ジグザグなステップワークで土杭を躱し、ノームを一刀両断する。

駆ける。

丸太のような巨腕を引き絞り、ゴーレムが俺を殴りつけようとする。

軽やかに跳躍して拳を回避し、ゴーレムの頭を斬り落とす。

駆ける。

オアー・ドラゴンが体勢を低くして、砲弾のごとく突進してくる。

ターンして突進を回避し、無防備な眼に刃を突き入れる。

駆ける。

モンスターの攻撃を躱し、刃を閃かせ、なお駆ける。

駆ける。駆ける。駆け続ける。

五〇〇体を超えるモンスターは、すでに三分の一以下に減っていた。

「なぜだ……なぜだ!?」

あり得ないとばかりにオルディスがわななく。

「我が配下は五〇〇体以上いたのだぞ!?　貴様はたったひとりなのだぞ!?　なのになぜ、こちらが一方的に屠《ほふ》られているのだ!!」

オルディスの言い分はもっともだ。

古来より兵の数は、戦の勝敗を決定づける要素として重要視されてきた。

戦は数で決まる。その定石《じょうせき》に則《のっと》れば、五〇〇対一の状況下、俺には万に一つの勝ち目もない。

だが、オルディスよ。お前は失念している。数はたしかに重要だが、すべてではないのだ。

そう。数の利さえも覆す要素を俺は持っていた。

機動力だ。

数による利点はいくつもあるが、なかでも顕著なのが圧殺力だろう。取り囲み、次から次へと攻め続ければ、やがて相手は力尽きる。

しかし、相手が自軍を超える機動力を持っていれば話は別。取り囲もうにも取り囲めず、それればかりか相手に翻弄されるのがオチだ。

その道理を俺は理解していた。

ゆえに走り続けた。取り囲む暇を与えずに、相手を斬り続けた。言ってしまえば、延々と一対一を繰り返しているようなものだ。

そして、ゴブリンもトロールもノームもゴーレムもオアー・ドラゴンも、一対一では俺の足下にも及ばない。

どれだけの数で攻めてこようと、俺の体力が尽きない限り、ただひたすら楽な勝負が続くだけなのだ。

「くっ！　ならば、これでどうだ!!」

しびれを切らしたオルディスが、光弾を撃ち放った。モンスターによる攻めに光弾の攻めを加え、戦況を覆そうと考えのだろう。

だが、それは悪手だ。

乱戦の体《てい》をなしている現状、光弾を避ける余裕などモンスターにはない。必然、何体ものモンスターが光弾に巻き込まれる。

「疾《し》っ！」

そして、そこまでして届かせても、光弾は俺の破魔にあっさりとかき消された。

オルディスの光弾は、俺にわずかな被害も与えられず、逆に味方を減らす結果に終わったのだ。

数の優位は、もはやないに等しい。

圧倒しているのは俺のほう。

「加勢します、イサム様！」

さらにセシリアが戦闘に加わる。

セイバー・レイでトロールを一刀両断しているセシリアに向け、俺は叫んだ。

「走れ、セシリア！　決して足を止めず斬り続けろ！」

「わかりました！」

俺の指示にセシリアが頷き、疾風を用いて走り出す。迎え撃とうとするモンスターを斬り伏せ、セシリアが戦場を駆け巡った。

黒《おれ》と金《セシリア》は舞い踊り、陣風となってモンスターを葬っていく。

モンスターの数は見る見るうちに減っていった。残すところは、あと一〇〇体といったところだろうか。

オルディスがギリッと歯ぎしりをする。

「なぜ我が圧されている⁉　我は魔将だぞ！　人間ごときに負ける道理などない！　事実、勇者パーティーは我に苦戦していたではないか！」

「たしかに、かつてのお前との戦いは一筋縄ではいかなかった。だが、オルディスよ。人間は成長するのだ」

オルディスは三番目に勇者パーティー《おれたち》と戦った魔将。それから勇者パーティー《おれたち》は、九体の魔将を下してきた。

いずれの戦いも死闘だった。だからこそ、戦いのたびに勇者パーティー《おれたち》は強くなっていった。

いまの俺は、オルディスに苦戦した俺よりも遥かに成長しているのだ。

「加えて、お前は所詮、エミィの体を乗っ取って顕現したに過ぎない。生前の力を十全に出せるはずがなかろう」

ゴーレムを一刀のもとに斬り捨て、俺はオルディスに告げた。

「お前は紛い物に過ぎぬのだ。紛い物風情が俺たちに敵うと思うな」

「ほざいたな、『剣聖』！　ならば見せてやろう！　我の全力をな‼」

憤怒に顔を染め、歯を剥き出しにして、オルディスが吠える。

同時、モンスターたちが青白い火の玉に戻り、主であるオルディスのもとに集っていった。

青白い火の玉がオルディスに取り込まれていく。

そのたびに、オルディスから感じる圧が濃くなっていく。

『魂魄隷従』によって、喚び出した死者の魂を己の力に変えているのだ。

「『剣聖』よ。魔法をかき消す奇っ怪な剣技。あれは魔力の要を断つものだろう？」

「いかにも。それがどうした？」

「魔力の要を断つには刃を届かせなければならん。ならば、届かさなければ済む話よ」

オルディスが牙を剥くように笑う。

なるほど。死者の魂を取り込むことで魔力を高め、光弾に乗せるつもりか。

オルディスの言うように、俺の破魔は魔力の要を断つ剣技。要に刃が届かなければ魔法は打ち消せない。

ゆえにオルディスは、光弾の威力を極限まで高め、要に到達する前に刃を破壊しようと考えているのだ。

オルディスの狙いを察したのか、セシリアの頬を汗が伝う。

「イサム様。回避しましょう」

「いや。オルディスの光弾はモンスターへと姿を変えられる。いくら回避しようと追尾してくるだろう」

「では、どうすれば……」

「真っ向から迎え撃つ」

答え、俺は刀を上段に構えた。

通称を『火の構え』。防御を捨て、相手を叩き斬ることにすべてを懸けた、攻めの構えだ。

「俺の背にいろ、セシリア。決して傷つけさせはせぬ」

微笑みかけると、セシリアは眉を立てた笑みを見せる。
「はい！」
セシリアの笑みから、俺への絶対的な信頼が伝わってきた。
その信頼の、なんと心地よいことか。
心が滾《たぎ》る。活力が漲《みなぎ》る。魂が奮起する。
感謝する、セシリア。いまならば、かけらも負ける気がせん。
俺の口元は自然と弧を描いていた。
刀の柄を絞り込むように握る。
深く息を吸い、長く吐く。調息により魂力を練る。
練り上げる。
ひたすらに、練り上げ、練り上げ、練り上げる。
深く息を吸い、長く吐く。魂の底から魂力を汲む。
汲み上げる。
ひたすらに、汲み上げ、汲み上げ、汲み上げる。
いまや俺の魂力は、解放すれば天に届くほどに猛《たけ》っていた。
その膨大な魂力を、薄皮一枚まで圧縮する。
……パチンッ
超々高密度の魂力に耐えきれず、空気が破裂した。

パチン……パチ……パチッ、バチッ、バチバチバチバチッ!!

さながら紫電《しでん》の励起《れいき》。

尋常ならざるエネルギーが俺の体に満ちていた。

「流石は『剣聖』！　見事な威圧！」

感じ入ったように声を上げ、オルディスがバンパー・アンデッドの砲口をこちらに向ける。

「それでこそ潰しがいがあるというものよ!!」

地響きを起こすほどの射出音とともに、光弾が放たれた。

魔将の全力が込められた光弾は、翼を広げて鳳へと変容する。

王者のごとく、威風堂々と鳳が羽ばたいた。

羽ばたきの余波で大地がえぐれ、塵と化していく。

とてつもない威力。すべてを無に帰す破壊の化現《けげん》。

恐れはなかった。

燃え滾るような熱が心に宿り、されど、頭は冷たく澄んでいる。

鳳が迫るなか、なおも魂力を練り上げる。汲み上げる。

構えた刀が魂力により研ぎ澄まされた。

あとはただ、一心に振り下ろすのみ。

獲物を目前にして鳳がいななく。

俺と鳳の視線が交錯した。

「いざ、尋常に勝負」

振るう。

「秘剣の三――『雷轟《らいごう》』」


その太刀は剛剣の極致。純然たる暴力。

雷が落ちたかのような轟音。

空間が屈したかのごとく、刃の軌跡が歪む。

大気が怯えて真空が生じ、大地が慄《おのの》き亀裂が走った。

刹那の衝突。

勝敗は明白。

鳳が真っ二つに断ち切られ、背後の岩壁に衝突して青白い爆発を生んだ。

オルディスが愕然と目を剥く。

「な……っ」

「勝負ありだな」

そのときには、俺はオルディスの背後に回り込んでいた。

縮地だ。

「お前の負けだ、オルディス」

オルディスが振り返る。

口を裂くように笑いながら。

「最後の最後で抜かったな、『剣聖』！」

俺の足下から、青白い巨腕が出現した。

とっさに魂力をまとう。

直後、巨大な手のひらが俺を掴んだ。

魂力をまとうのが一瞬でも遅れれば、握り潰されていたところだろう。

地面から湧き上がるように、巨腕の持ち主が――ゴーレムが姿を現した。先ほどオルディスが、『霊魂隷従』で喚び出したモンスターの、一体だ。

「なるほど。すべて取り込んだように見せかけて、一体だけ潜ませていたのか」

「左様。『剣聖』と称されど、所詮、貴様は剣士。間合いに入らなければ我は斬れん。貴様の接近を見越し、罠を張っておいたのだ」

「くくっ」とオルディスが喉を鳴らす。

「いかに『剣聖』といえど、刀を振るえなければどうすることもできまい！　このまま握り潰してくれよう！」

「イサム様っ!!」

顔を青ざめさせて、セシリアが悲鳴じみた叫びを上げた。

ゴーレムの五指に力がこもる。

全身に万力《まんりき》のごとき圧力をかけられるなか、俺は嘆息した。

「言ったはずだ、オルディス。お前の負けだと」

同時、俺を握っていた巨腕ごと、ゴーレムが姿を消した。

「…………は？」

オルディスが呆然と呟く。

ピシッ
音がした。

バンパー・アンデッドの砲身に埋め込まれた魔族核に、亀裂が走った音だ。

オルディスが血相を変える。

「わ、我の魔族核が……!!　なにをした『剣聖』ぃいいいいいいいいいい!!」

「お前が予測したことをしたまでだ」

「なに!?」

「剣士は間合いに入らねば相手を斬れぬ。その通りだ」

軽やかに着地して、続ける。

「肉迫した剣士が行うことはひとつ——剣戟だ」

そう。俺がオルディスの背後に回り込んだときには、もうすでに斬り終えていたのだ。その時点で勝負は決していたのだ。

オルディスが慄く。

「バカな……!!　我に気取《けど》らせることなく斬っただと……!?」

「『剣聖《おれ》』が振るう最速の剣技だ。気取らせなどするものか」

俺は刀を鞘に収めた。

「秘剣の一――『瞬《しゅん》』」

納刀《のうとう》の音と割断の音が重なる。

オルディスの魔族核が――心臓が、分かたれた。

「バカなバカなバカなバカな!!　魔将の我が人間ごときに……!!」

「その声でもう喚くな。その顔をもう歪めるな」

憎悪と驚愕を露わにするオルディスを、視線で貫く。

「それらはすべてエミィのものだ。返してもらう」

「なぜ……我が……敗れ……っ……」

オルディスの放っていた圧が消えた。

オルディスの――いや、エミィの体から力が抜ける。

「エミィちゃんっ！」

ふらりと倒れるエミィに、セイバー・レイを手放したセシリアが駆け寄った。

セシリアがエミィを抱き留め、心配そうに顔をのぞき込む。

エミィはすぅすぅと安らかな寝息を立てていた。

ほぅ、と安堵の息をつき、慈《いつく》しみに満ちた微笑みをセシリアが浮かべる。

「約束、ちゃんと守りましたよ、エミィちゃん」

そんなセシリアに頬を緩め、俺は瞼を伏せた。

「最後まで敗因がわからなかったようだな、オルディス。教えてやろう」

亡き大敵に俺は知らせる。

「お前が、我が友の子孫《おれのたいせつなもの》に手を出したからだ」

エピローグ

「ごめんなさい！」

意識を取り戻すやいなや、エミィは起き上がり、頭を下げてきた。

「あたしのせいで、セシリアちゃんとイサムさんに迷惑をかけてしまって……」

「エミィちゃんは悪くないですよ！」

「セシリアの言うとおりだ。エミィは乗っ取られていたのだからな」

「けど、あたしが『魔の血統』じゃなかったら、オルディスが顕現することはなかった」

俺たちの励ましは通じず、エミィの瞳は涙で滲んでいく。

「どうして、あたしは人間じゃないんだろう？　どうして、魔族の血なんかが流れているんだろう？」

「エミィちゃん……」

「あたし、あたしが大嫌い！　あたしなんて、生まれてこなければよかった！」

声を震わせてエミィが吐露《とろ》する。聞いているこちらの胸が張り裂けそうなほど悲痛な叫びだった。

泣きじゃくるエミィの姿に、セシリアまでもが泣き出しそうな顔をする。

「ずっと考えていたことがある」

俺はエミィの両肩にそっと手を置き、膝を突いて視線を合わせた。

悲しみでくしゃくしゃになったエミィの顔を、まっすぐ見つめる。

「セシリアは『魔の血統』に誘拐されたことがあるのだが、その男はもともと悪人ではなかった。信じていた友に裏切られたことで、人間を憎むようになったのだ」

ヴァリスのことだ。

セシリアを捕らえた際、ヴァリスは己の過去を打ち明けた。ヴァリスが悪人になったきっかけは、友人の裏切りだった。

ヴァリスの過去は、ひとつの真理を示している。

「人間だからといって善人とは限らぬ。『魔の血統』だからといって悪人とは限らぬ。その者を悪人へと変えるのは、憎しみであり、悲しみであり、諍《いさか》いなのだ」

ヴァリスの過去を知り、俺は思った。

争いでは真の平和は築けない。築かれるのは憎しみの連鎖だ。それは、俺や、俺の友たちが目指していたものではない。

真に目指すべきは共存なのだ。

「エミィ。きみは優しい。俺とセシリアのために戦い、俺とセシリアのために嘆いた。俺たちが人間であろうと構わずに。自分が『魔の血統』であろうと構わずに」

過去の争いをなくせはしない。共存への道は果てしなく遠いだろう。

それでもここで、平和の種は芽吹いている。

「種族の垣根《かきね》を越えて、きみは俺たちを思ってくれた。きみならば、『魔の血統』と人間が共存するための旗印《はたじるし》になれる」

エミィが目を見開く。

ヘマタイトの瞳からこぼれた涙を、俺は優しく拭った。

「きみとの出会いを誇りに思う。きみは希望なのだ、エミィ」

「う……うぅ……っ」

エミィが嗚咽《おえつ》を漏らす。

ボロボロとこぼれゆく涙。

しかし、その涙の意味は、先ほどとは異なるだろう。

「エミィちゃん」

もらい泣きをしながら、セシリアがエミィを抱きしめる。

「わたしのこと、大好きって言ってくれましたよね？　とってもとっても嬉しかったです」

「セシリア、ちゃん……っ」

「エミィちゃんが自分のことを好きになれなくても、わたしはエミィちゃんのことが大好きですよ」

「ひ……ぅ……っ」

セシリアの胸に顔を埋《うず》め、エミィがわんわんと泣き喚いた。

エミィの頭を優しく撫でながら、セシリアも静かに涙を流す。

俺は確信した。

このふたりの姿こそが、俺が目指す真の平和なのだと。


とある教会の一室に、ふたつの人影があった。

中背細身の女のものと、中肉中背の男のものだ。

「『デモン・プラウド』が壊滅したそうだよ、ユーラ」

部屋の中央にいる男が、窓際に立つ女にそう伝える。

男が身につけているシャツ。本来なら右腕が通っているはずの場所は、窓から吹いてきたそよ風にひらひらと揺れていた。

「ティファニー＝レーヴェンが統率していた組織ですね。手を下したのは彼ですか？」

「ああ。きみの想像通りだ」

男が頷く。

「二〇〇年前の世界からやってきたらしいけど、その話は本当みたいだね。エミィ＝アドナイを器として顕現したオルディスを、彼は退《しりぞ》けたそうだよ」

「……そうですか」

男の話を聞いた女が窓の外へと視線を向け、身にまとうシスター服の胸元に手を当てる。

彼女の瞳には、どこか物憂げな色がたゆたっていた。

「『剣聖』イサム。あなたなら、この残酷な運命からわたしを救ってくれますか？」

《了》

あとがき

※今回のあとがきには若干のネタバレが含まれていますので、本編のあとに読んでいただきたく思います。

はじめての方もおひさしぶりの方もこんにちは。虹元喜多朗です。

このたびは『未来に飛ばされた剣聖、仲間の子孫を守るため無双する2』を手に取っていただき、ありがとうございます。

今巻の新キャラであるエミィは、『自分のことが嫌い』という悩みを抱えています。エピローグにてその悩みを吐露し、イサムとセシリアに励まされるのですが、このシーンに僕は特別な思いを込めました。

作家にとって――というか僕にとって、作中に登場するキャラクターは自分の分身のようなものです。彼ら彼女らをより人間らしくするためには、『自分がどういう人間なのか』を知る必要があります。

その過程において、自分の醜い部分、ひとより劣っている部分も、当然ながら見えてきます。そういった負の部分は受け入れがたいものです。

ですが、そんな自分も自分です。生まれてから亡くなるまで付き合っていく存在です。疎んでいてはかわいそうではありませんか。

なので、そういうとき、僕は自分を許すようにしています。醜くてもいいじゃないか。劣っていてもいいじゃないか。そんな自分でいいじゃないか。そんな自分がいいじゃないか。許すとは受け入れることです。自分を許すこと。自分を受け入れること。それが、自分を好きになるための第一歩ではないでしょうか？　そんな思いが、あのシーンには込められているのです。

謝辞に移らせていただきます。

新担当編集者のMさま。お忙しいなか、この作品に注力していただき、ありがとうございます。これからも二人三脚で参れましたら嬉しいです。

イラストレーターのコダケさま。今巻のイラストもとても素晴らしかったです。こちらの意見を快く受け入れ、期待を上回る仕上がりにしてくださって、本当にありがとうございます。ご協力いただいた関係者の皆さま。今巻でもお力添えいただき、ありがとうございます。おかげさまで最高の仕上がりになりました。

このあとがきをご覧くださっているあなた。数ある作品のなかからこの作品を手に取っていただき、ありがとうございます。僕たちで仕上げたこの作品を楽しんでいただければ、それ以上の喜びはありません。

それでは、次の巻でお会いできることを祈りながら。

二〇二三年十二月　虹元喜多朗

BRAVENOVEL
ブレイブ文庫

未来に飛ばされた剣聖、仲間の子孫を守るため無双する 2

2024年1月25日　初版発行

著　者　　　虹元喜多朗

発行人　　　山崎　篤

発行・発売　株式会社一二三書房
〒101-0003 東京都千代田区一ツ橋2-4-3
光文恒産ビル
03-3265-1881

印刷所　　　中央精版印刷株式会社

■作品の感想、ファンレターをお待ちしております。

■本書の不良・交換については、メールにてご連絡ください。
株式会社一二三書房　カスタマー担当
メールアドレス：support@hifumi.co.jp

■古書店で本書を購入されている場合はお取替えできません。

■価格はカバーに表示されています。

■本書は小説投稿サイト「小説家になろう」(https://syosetu.com/)に掲載された作品を加筆修正し書籍化したものです。

ISBN 978-4-8242-0102-7 C0193